安達 瑶

悪徳探偵《ブラック》

お礼がしたいの

実業之日本社

実業之日本社文庫

目次

悪徳《ブラック》探偵　お礼がしたいの

第一話　猟奇くん

深夜。
パソコンの液晶画面だけが、暗い部屋を照らしている。
画面に映し出されているのは、かけがえのないあの子の、ありし日の姿だった。
あどけないつぶらな瞳で、期待をこめてカメラを見上げている、その愛らしさ
……何度見ても胸が張り裂けそうになる。
こんなにも愛らしい、こんなにも大切だったあの子の身体《からだ》を、自分はもう二度と
手に触れることも、胸に抱きしめることもできないのだ……。
覚悟を決めてマウスをクリックさせ、次の画像を表示させる。
見るのは辛《つら》い。けれども見なくてはならない。あの子のために……。
表示された画像は、やはり、目を覆いたくなる、見るも無惨なものだった。
可愛《かわい》かったその瞳は苦痛にカッと見開かれ、きゅっと閉じていた愛らしい口元も、

絶叫するかのようにクワっと開ききった、怖ろしい姿……。断末魔の悲鳴が聞こえてきそうだ。

「可哀想《かわいそう》に……どんなにか、どんなにか苦しかったことか。……許さない。絶対に」

暗い部屋には、いつ果てるともない嗚咽《おえつ》が続いていた。

＊

「はいは〜い、出来ましたよ。温かいうちに食べてねっ」

事務所のキッチンからアルミ鍋を運んで来たのは、超ミニの裾からエロい太腿《ふともも》が剝《む》き出《だ》しのあや子《こ》さん。おれが勤めている、ここ「ブラックフィールド探偵社」のコワモテ社長・黒田十三《くろだじゅうぞう》の愛人をやっている巨乳美人だ。

ムチムチした太腿からはフェロモンが咽《む》せ返《かえ》るように発散されているけれど、最大のチャームポイントである彼女の巨乳は今、イチゴ柄のエプロンによって隠されている。

「ここのキッチンで作ってみたの。あたしだって、お茶淹《い》れる以外のこともできるんだよ」

　あや子さんは愛人でありながらこの事務所を手伝っている。立ってるものは親でも使えというケチな社長の方針だ。

「あ、私、さっき済ませたばっかりだから……私の分は飯倉《いいくら》くんに」

　と上手に逃げたのは、事実上この事務所を取り仕切っているじゅん子《こ》さん。黒縁メガネにストレートのロングヘアの才色兼備の彼女は抜群にアタマが切れるので、逃げ足が速い。リスク回避の達人だ。

「残念ね～。せっかくのあや子スペシャルなのに。じゃあ、飯倉くん、どうぞ」

　デスクから応接セットに連れてこられたおれの前に、鍋焼きうどんの鍋が置かれた。

「ひと手間もふた手間も加えてすごくヘルシーにしてみたから。飯倉くん、どうぞ召し上がれ」

　あや子さんは賞賛を浴びる気マンマンで笑みを浮かべているが、おれはこの料理の正体を知っている。今までに何度もひどい目に遭っているからだ。

　コンビニで買ってきたアルミ鍋焼きうどんに、納豆やイワシ缶、もずくにカイワレ、果てはミニトマトまでが載せられているのは見れば判《わか》る。コンビニで手に入る限りの「ヘルシー」と称する食材だ。さらに鍋焼きうどんにしてはおツユの色がおかしいし、肝心の味は、一口食べてみないと判らない。食べてみてひどいことになるのは判っているのだけれど、せっかくの好意だしあや子さんは社長の愛人だし、無下には断れない……。

まさか死にはしないだろう、とおれはおそるおそるうどんを数本箸で取って口に入れた。

「どう？　美味《おい》しいでしょ？」

次の瞬間、うぐぐっとえずき、おれは口の中のモノを手のひらに吐き出していた。

「何なんスか、これ！　いったい何入れたらこうなるんスか？」

じゅん子さんが差し出したティッシュで口を拭いながらもおれのえずきは止まらない。

「バルサミコ酢の味が立ち過ぎだった？」

「食いもんの味じゃないっすよ。そもそもどうしておツユの色が紫なんですか？」

「それはアサイージュースを入れたからだよ。でも、思ったほどキレイな色にならなかったから」

ジャ～ンと言いながらあや子さんが取り出したのはインクのボトルだった。

「スポイトでほんのちょっと垂らしただけで、ほら、こ～んなにキレイな紫色に」

「入れたんですか！」

おれはトイレに駆け込み、今度こそ喉に手を突っ込んで全部吐いた。

「万年筆のインクは水性だから。油性じゃなくてよかったわね」

じゅん子さんが妙な言い方で慰めてくれた。あや子さんはと言うと、首を傾《かし》げながら、鍋焼きうどんを啜《すす》っている。

「ダメですよ！　食べちゃダメ！」

「どうして？　無駄にするのもったいないし」

「だって、インク入ってるんすよ？　着色料じゃなくて」

「インクだって着色料でしょ？」

どう見ても気持ち悪い鍋焼きうどんを、あや子さんは完食してしまった。唇が紫色に染まっているが、本人には判らない。

後片付けをして湯沸室から戻ってきた彼女がエプロンを外すと、トレードマークのシースルーブラウス姿になった。純白のレースのブラ、そしてたわわな巨乳が透けて見える。

思わず目が釘付《くぎづ》けになっていると、乱暴にドアが開き、どう見ても武闘派ヤクザのようなガタイのいいオッサンが入ってきた。ぶ厚い胸板と太い腕、ちゃらちゃらうるさい金のチェーンが食い込みそうな猪首《いくび》、太い眉毛、カッと見開かれた両眼。

「おう飯倉。新しい部屋の具合はどないや。チャムは元気にしとるか？」

この男こそ、わがブラックフィールド探偵社の社長・黒田十三だ。ヤクザが本業なのか副業なのかはいまだによく判らない。

ここはその名の通りの探偵事務所だ。秋葉原《あきはばら》近くの裏通りの、ボロい雑居ビルでひっそりと、細々と営業している。ロクな宣伝もせず、口コミに頼っているから問い合わせ自体ほとんどない。それでも、おれが入社してからは、いくつかの事件を解決している。

そういうおれは、飯倉良一《りょういち》。闇金もやっている黒田社長から金を借りたのが運のツキ、名前の通りブラックなこの探偵社で、ほぼ奴隷労働に近い状態でコキ使われている。

黒田に追い込みをかけられ家賃も払えず、宿無しだったおれはずっとこの事務所の床に段ボールを敷いて寝ていたのだが、今は黒田が競売で落とした「幽霊が出る部屋」に住んでいる。この部屋については語りたいことが山ほどあるのだが、それはまた別の話。

そしてチャムというのは、以前に受けた依頼の結果、黒田とおれが崩壊させてしまった一家で飼われていたブランド猫だ。

「外に出したらあかんで。大事な大事な猫や。最近おかしな奴《やつ》が多いからな」

埼玉のほうでまた猫殺されよったがなと言いつつ、黒田社長は羊革の上着をコート掛けに引っかけた。社長はおれにチャムの世話をさせて、いずれ転売して儲《もう》ける算段なのだ。

「今何時や？　そろそろ新しい依頼人がここに来るで。ＮＰＯの代表や言うとった」

そこでドアチャイムが鳴り、みるからにキャリアウーマンという女性がドアを開けた。

「どうも。依頼人の氷室玲子《ひむろれいこ》です」

冷たい美貌のその女性は、なぜかおれを見た瞬間、パッと顔を輝かせた。

「あら、この人ピッタリだわ。人畜無害で、ものすご〜くダメな感じがドンピシャよ！」

絵に描いたようなキャリアウーマン。仕立ての良さそうなスーツ。ビジネスシーンに許されるギリギリの高さのヒール。ワインレッドの革のバッグにはやたら金具と紐《ひも》がついている。

おれの耳元で「あれはバレンシアガのエディターズバッグよ。A4の書類が入る大きさが売りの」とじゅん子さんが囁いた。

おれはこの依頼人を見て、姉のことを思い出した。外資でバリバリ働いている姉貴は常におれを見下してきたし、おれの両親も姉貴を引き合いに出して、おれのことを駄目だ駄目だとずっとバカにし続けているのだ。

姉貴と同類ならこの依頼人もきっとイヤな女に違いない……いやいや人を先入観で見るのは、などと反省する間もなく、おれの直感が正しかったことは証明されることになる。

「依頼の内容ですけど、この子を探して連れ戻してもらうだけでいいの。簡単なお仕事よ」

応接テーブルに玲子が置いた写真には、ものすごく可愛い美少女が写っている。

「これしかないんだけど。七年前のものね」

丸顔。ふっくらした頰。大きな明るい瞳。ツヤツヤしたショートカットの髪。

けれども一番のチャームポイントは、その笑顔だった。お日さまのような、というアリキタリな言葉しか浮かばないのが残念だ、と思ってしまうほどに。

「けど、この子まだ小学生くらいっしょ？」

おれが訊《たず》ねると、玲子は頷《うなず》いた。

「そう。七年前は小学生だった。今はちょっと雰囲気変わったけど、顔立ちはこのままだから」

現在は十九歳だというこの子は今、どんな顔になっているのか……と考えながら写真を見ていたら、ふとあることが思い浮かんだ。

「この子、アメリカの子役にそっくりじゃないっすか？　ほら、なんとかファニング……」

倒産したレンタルショップから横取りした大量の古いＤＶＤを「給料代わりや」と渡されている。現物支給やと黒田社長は言うが、要はおれの部屋を倉庫代わりに使う魂胆なのはミエミエだ。

その中にあったハリウッド映画の子役に、この子はそっくりだったのだ。

「……思い出した！　そうだ。ダコタだ。ダコタ・ファニング！」

ついでにおれは大変なことを思い出した。

「……え？　ダコタ？」

あれも七年前のことだ。日本中を震撼《しんかん》させた、衝撃的な事件があったのは。そしてその犯人がまだ小学生の女の子で、なぜかネットに流出した写真がダコタ・ファニングにそっくりで……。

「この子はあの……『枝切りバサミのダコタ』じゃないっすか！」

本名は判らないまま「ダコタ」と呼ばれている美少女は、眠り込んだ実の兄の手足をガムテープで縛って、恐るべき犯罪をしでかしたのだ。

依頼人の氷室さんがあとを引き取った。

「そうよ。お兄さんの大事なところをバッサリ切り落としてトイレに流しちゃった、あの子」

「ひえええ」

男の大事なところを切断した後、彼女は冷静に警察と消防に電話をして、補導された。イチモツを切断された兄は懸命の治療のかいなく、出血多量で死亡した。

「あの子のために新しい更生施設が作られて、専属のスタッフが何人もついて……未成年女子としては当時、前例のない凶悪事件だったから、その費用が一億円はかかってるわね」

更生施設を出た彼女の面倒を見ているのが、氷室玲子の主宰するＮＰＯ「やりなおしサポート」なのだという。

「ウチは犯罪者、それも未成年だったときに事件を起こしてしまった人たちの、社会復帰をお手伝いしているんです」

しかしダコタは氷室さんが主宰するNPOの施設を脱走し、現在行方不明だという。

「イラストを描いたり、漫画を読んだりするのが好きな子だから、この近く……秋葉原近辺に姿を現す可能性が高いのね。居所をつきとめて、連れ戻してほしいの。それには、ここにいる、この人が適任だと思う」

玲子はおれを指さした。

「ウチのバイトの子が、やっぱりこのヒトみたいな頼りない感じで……なぜかダコタに凄《すご》く気に入られてたんだけど」

そのバイト君は怯えて逃げ出してしまったそうだ。当然だとおれも思う。だが。

「飯倉。願ってもない申し出やないか。こちらの依頼人が、お前ならその逃げた子の信頼を得られると言われとる。期待に応えんとな。簡単や。可愛い女の子と仲良うなって、連れて帰るだけの仕事や」

黒田がそう言っておれの背中をバシッと叩《たた》いた。しかし、そう言われても……。

「い……いやです。だって相手は……あの『枝切りバサミのダコタ』なんすよ！」

枝切りバサミの刃がおれのナニに食い込んでザックリやられる……その状況を想像しただけで股間がチリチリする。だが。

「何言うとるんや！　偏見の強いクソ人間やの。お前みたよな血も涙もない人間が、更生した犯罪者を色眼鏡《いろめがね》で見るさかい、いつまで経《た》っても世の中が良くならんのや！」

黒田社長が、いきなり人権派弁護士のような正論をぶちかまし、玲子もそれに同調した。

「その通りよ。私たちは、若くして道を踏み外した彼らに、居場所を提供したいの」

「大丈夫や。日本政府と法務省が総力をあげて彼女を更生させとる。今はどこにでもおるような、ごく普通の、可愛い、ただの女の子や。心配せんでエエがな！」

そう言われても感情的・生理的に無理だ。おれは必死にこのミッションからの逃げ道を探した。

「でも……まずは彼女がどこにいるかを突き止めないと」

それには時間がかかるだろう。その間に逃げてしまおうというおれの目論《もくろ》みは、じゅん子さんの検索能力の前にあっさりと潰《つい》えた。

「判明しました。彼女はこの近くのシェアハウスにいます。ネットの書き込みを見つけました。『ダコタ・ファニングにそっくりの美少女が秋葉原で暮らしてる』って」

＊

朝の九時。おれは秋葉原の繁華街を少しはずれた雑居ビルを改造した、いわゆる「オタクシェアハウス」の中にいた。

四万円程度の家賃でトイレ、シャワー、キッチンが共用、うす暗い廊下に沿って狭い個室がずらっと並んでいる共同住宅だ。大勢のオタクたちがひっそり暮らしているらしい。

ここにダコタが身を隠しているというのが、にわかには信じられない。それほどここは、若い女の子なら住みたいとは絶対に思わないような、殺風景で殺伐とした環境なのだ。おれが黒田社長から追い込みをかけられて身を隠していた漫画喫茶よりは、プライバシーの度合いにおいてややマシ、という程度だ。

部屋の扉には番号があるのみで表札はない。これではどの部屋にダコタがいるのか判らないではないか。

それを調査不能の理由にして帰ろうと思ったその時、ドアの一つが開き、チェックのシャツにジーンズ、デイパックという定番ファッションの若者が出てきた。

「あの……すいません。ちょっと訊《き》きたいことが」

おれが声をかけると青年は全身に電気が走ったようにビクッとして顔を引《ひ》き攣《つ》らせた。なんだか対人恐怖症のようだ。

なるほど……こういう隣人ばかりなら、若い女の子でも安全に暮らせるのかもしれない。

「若い女の子？　……いるよ。ダコタだろ？」

相手があまりにあっさり認めたので、おれはうろたえた。いいのか、こんなに簡単で。

視線を合わせず、アサッテの方を向いて彼は続けた。

「けど部屋番号とかは教えない。自分で見つけてよ。なんかあの子、怖いんだ……」

どうして？　と訊く間もなく彼は歩み去ってしまった。

仕方がない。おれは建物の外で張り込むことにした。近くで買ったケバブを食べながら。

「ダコタ」が姿を現したのは、お昼前だ。

唯一、マスコミに流出している写真と同じ服装だ。黒いトップスに、カーキ色のミリタリーパンツ。小柄で、外見的には小学生のころとほとんど変わっていない。

だが、写真とは決定的に違うところがあった。

あの、太陽のような笑顔が消えている。

それだけではない。彼女の周りにはいわくいいがたい、冷え冷えとした空気が漂っていた。彼女の周囲数メートルの温度が、現在の気温より、十度くらいは低い感じがする。

「あの子、怖いんだ」とオタクな彼が言った意味が、おれにもカラダで理解できた。けれどもおれは仕事をしなくてはならない。この子と黒田社長のどっちが怖いかと言われれば……。

おれの脳内に黒田の怒声が響き渡った。

『何やて？　怖《こお》うて声かけられんかったやと？　ガキの使いかオノレは！　キンタマ付いとんかいこのボケカスアホンダラ！』

人間を動かすものは恐怖心だ。次の瞬間、おれはダコタに声をかけていた。

「あの……ちょっとお話しさせてもらっていいっすか？」

ダコタはさっと振り向いた。氷のような視線がおれに突き刺さる。

びっくりしたような大きな瞳。硬い表情。

怖い。ちびってしまいそうだ。だが、泣きそうになっているおれを睨《にら》みつけている彼女の視線が、なぜか次第に和らいできた。

「そんなに……怖がらないでよ」

怪物くんじゃないんだし、あたしだってキズつく……ダコタはそう言った。

こんなところで話すのも何だから、と彼女は自室におれを招き入れてくれた。

狭い部屋は、ロフトベッドと小さな机と椅子、本棚で満杯だ。服は少ない。机の上にはパステルやスクリーントーンなどの画材と、自作らしい可愛い、でもあまり上手ではない萌《も》え絵のイラストがある。

最新のマンガにラノベ、それにまじって夏目漱石《なつめそうせき》などの本までが部屋中に溢《あふ》れている。

「あのヒトに言われて来たの？」

あのヒト……氷室玲子について、ダコタはぽつりぽつりと話し始めた。

「あのヒト、出版社のやり手編集者だったの。『そんな彼なら殺《や》っちゃえば？』って本、知ってる？」

それはおれも知っていた。彼氏に暴力を振るわれている女の人や、貢がされている女性向けに書かれてミリオンセラーになった本だ。

「たしか……あの本読んで、眠ってる彼氏を金属バットでぶっ叩いたヒトがいて」

「そう。それで氷室サンは出版社をやめて、事件を起こした未成年たちを金づるにするＮＰＯの代表に転職したのね」

なるほど。売れる本を出すためなら手段を選ばないプロということか。そういう冷酷非情なところは、やはりおれの姉そっくりだ。

問われるままにおれは本名と、そして氷室さんに依頼されて彼女を連れ戻しに来たことを正直に話した。

出された缶コーヒーを飲んでいると、ダコタがいきなりおれの横にやって来た。

「ねえ。飯倉くんって私の、もろタイプなの」

ぴったりとおれに躰《からだ》を寄せて、まっすぐ見つめてくるその瞳は、心なしか潤んでいる。

正直言ってどん引きだ。気持ち的には秒速五〇〇メートルで後ずさりしたい。だが、おれのカラダが反応してしまった。伝わってくるダコタの体温。おれの手を取る彼女の手の柔らかさ。髪の毛のいい匂い……。

しずまれ！　冷静になれ！　枝切りバサミが待ってるぞ、と言い聞かせても、おれの股間は言うことを聞いてくれない。

ダコタは美少女だ。それは間違いない。小柄でかわいい。思わず抱きしめたくなる、小動物系の愛らしさだ。ただ……やっぱり彼女の過去が……どうしても……。

「ねえ、私じゃ、ダメ？」

「いや、そ、そんなことはないけど……ど、どうしておれなの？」

「だって飯倉くん、絶対自分からは何もできない感じだもん。人畜無害なところがイイの」

ホメられているのかケナされているのか判らない。

「ほら、もうこんなになってるし」

ダコタが指摘するとおり、おれの愚息はジーンズの中で怒髪天を衝《つ》いてしまっていた。

「ラクにしてあげるよ」

そう言いながら彼女はおれのジーンズのベルトに手を掛けた。どういう意味なんだ？

お口でやってあげる、と言われて、おれは正直、縮み上がった。噛《か》みちぎられるんじゃないか？　さいわい枝切りバサミは見あたらないが、机の上には、スクリーントーンを切るカッターがあるのだ。

ダコタのツヤツヤとした、髪に天使の輪が光っている頭が、おれの股間に近づいてきた。温かい、濡《ぬ》れた感触が、おれの先端を包みこむ。非常に気持ちがいい。だがそれは、いつ激痛に変わってもおかしくない、恐怖と隣り合わせの快感だ。

彼女の舌が動く。上手だ。ちろちろと、おれのカリや裏筋、鈴口などをすばしこく移動し、刺激してゆく。その快感に、恐怖がスパートをかけた。この気持ち良さをもっと味わいたい、でも怖《おそ》ろしさからは解放されたい……。

「ああ……もうダメっす！　出てしまうっすよ」

情けない声とともに、おれはダコタの口中で思いっきり爆発してしまった。ごくん、と彼女の喉が動くのが判った。なんと、ダコタは、おれが出したものを全部飲み干してくれたのだ。

「ね……大丈夫だったでしょ？　もっと、ほかのこともやってみる？」

手の甲で唇をぬぐう彼女のことを、毒を食らわば皿まで、と思うのは失礼だろう。

彼女はおれの手をとって、あまり大きくないバストに導き、唇を求めてきた。

「いっいいんスか？　本当に？」

答える必要もない、と言うように彼女はさっさと服を脱ぎ、下着だけになってしまった。

薄いショーツを通して感じる彼女の秘部は、熱く湿っていた。おれの指は本能に導かれるまま、ほとんど自動的に動いた。

かわいいあそこを指で揉《も》みほぐしてあげると、ダコタは小さな声で、嬉《うれ》しい、と言い、それを聞いたおれは、ショーツをずらして指先を秘腔《ひこう》の中に差し入れてみた。あうっ、とダコタは一瞬、下半身を硬くしたが、すぐに力を抜いて、おれの指の動きに合わせて腰を揺らせ始めた。

「あいつはいつも無理やりだったけど……飯倉くん、上手だよ。すっごく気持ちいい」

おれの方が年上なのだが、彼女はおれを「くん付け」で呼んでいる。まあそんなことはどうでもいい。

探偵社に勤めるまでは童貞だったおれだが、消えたAV女優探索ミッションの時の筆おろしを手始めに、（給料は無いに等しかったが）それなりに役得で経験を積んできた。今、おれは持てる経験値と技倆《ぎりょう》のすべてを動員して、彼女を喜ばせようとしていた。

おれの指がやんわりと彼女の秘腔を押し広げた。そして彼女を自分の躰の上に引っ張り上げ、その表情を注意深く観察しながら、おれは彼女の秘唇に肉茎を押し当てた。白いブラに包まれた彼女のバストは小さくて可愛い。躰も華奢《きゃしゃ》で骨細だ。こんな子が、あんな怖ろしいことをしでかしたなんて、とても信じられない。

少なめの秘毛におおわれた彼女の股間は、それでもしっかりと潤っている。おれが自分のモノを彼女のクリットに当てて腰を突きあげるようにすると、彼女は切なげにうめいた。

「ああ……いい気持ち……ねえ、入れてくれる？」

おれはじわじわと彼女の愛らしい秘腔に、おれのものを埋没させていった。

下着だけの着衣セックス。それも、騎乗位。いきなりこんな淫らなコトをしていいのだろうか？　しかも、会ったばかりなのに……。

「ううウッ……あうっ。やだ。感じる……」

騎乗位でおれと交わっているダコタの顔立ちは、可憐この上ない少女のものなのに、時に妖しい女の表情がふと浮かんでは消える。

おれは、手をのばして少女の肉芽に指を添えると、ゆっくりと弄《いじ》ってあげた。

「ああん……凄く感じる。感じるの」

肉芽を指先で転がしながら、おれは片方の手を彼女の乳房に伸ばした。

ダコタはさっと両腕をうしろに回し、ブラを素早く外した。小さいけれど形のいい、かわいいおっぱいが露わになった。

おれの上に乗ったダコタのくびれた腰が見事な造形美を見せ、くねくねと蠢《うごめ》いている。

それを見ると、おれにも果てしない欲情が湧き上がってきた。女のひとの躰は、どうしてこんなにも綺麗《きれい》でイヤらしいのだろう。

おれは悶《もだ》えよがっているダコタの恥態を見ながら、不思議な気持ちになっていた。セックスするのは愉《たの》しいし気持ちがいいけれど、それ以上にこの子を守ってあげたいという気持ちが盛りあがってきたのだ。さっきまで、この子に殺される、と怯えていたのに。

だが、保護者みたいな意識が芽生えても、性欲というか、おれの劣情は消えない。だって、彼女のアソコにおれのナニがきっちりハマっているのだから……。

ダコタはハアハアと息を荒らげて、一気に昇りつめていった。もちろん、おれも同じだ。

「はあああっ！」

彼女はオーガズムに達し、ぎゅううっと極限まで締まった女芯に耐えきれず、おれも決壊した……。


ダコタがなぜおれを気に入ってくれたのかは判らない。依頼人の氷室さんが言ったとおり、たまたまおれがタイプだったということなのだろう。

最初は怖かったが、やっているうちに、そんなことはどうでもよくなった。だって、彼女は殺人鬼でもなんでもない、普通の少女だと判ったから。

「ねえ、なぜきみは一人でこんなところに？」

コトが済んだあと、おれは彼女に訊いてみた。ＮＰＯに戻らないのはなぜなのかと。

「やりたくないことをさせられるから」

ダコタはぽつりと答えた。おれは言葉を選びながら言った。

「けど誰だって生きてく上で、嫌なことだってしなくちゃ駄目だと思うっすよ……それが大人になるってことなのかもしれないし」

お前が言うか、と自分でツッコミを入れながら、おれは言った。同じことを黒田に言われたらモーレツに腹が立つだろうけど。

「飯倉くんもそうしてるの？　私とこうなるのもほんとうは嫌だったの？　嫌だったのにやったのは……義務感とか？」

「そんなことないッス。義務感でこういうことは出来ないすよ。ぶっちゃけ最初は怖かったけど、今は全然そんなことなくて」

そう言うと彼女の顔が和んだので、おれは今までにあったいろいろなことを話してみた。

「ブラックな会社で借金背負わされて、事務所のじゅん子さんにはそんなの払うなんて、あんたバカ？　って言われたけど……親に金借りようとしたら実家が更地で、親も姉貴も行方不明で……探偵社で探してもらおうとしたら、そこの社長がなんと、おれが金を借りた闇金の社長だったんすよ！」

「えーっそれってヒドくない？　あたしと同じくらい運の悪いヒトいるんだね。飯倉くん、かわいそうだから、もう一回やったげる」

ダコタはそう言って、おれのモノを再び口に含み……結局もう一回戦やってしまった。

「判った。施設に戻る」

妙にさっぱりした顔になった彼女は、おれにそう言った。

「嫌なことも我慢する。みんなそうしてるんだもんね」

「そのうちいいこともあるっすよ。おれも、今は少ないけどお給料もらえるようになって、まともな部屋にも住めるようになって、猫まで飼って」

「猫？」

ダコタの瞳がぱっと輝いた。

「いいなあ……見に行きたいな」

それから目を伏せて、ぽつんと言った。

「あたしがあんなことをしたのもね、あいつがあたしの猫に、不凍液入りの餌を食べさせたのがキッカケだったんだ」

そう言うとダコタはおれを正面から見た。

「あたしが枝切りバサミを使った相手が誰か、知ってるよね？」

思わずおれが頷くと、彼女は低い声で淡々と話し始めた。

子供のころからずっと実の兄に暴力を振るわれ、性的にも虐待されていたこと。

両親は見て見ぬ振りだったこと。

「あたしが黙ってあいつの言いなりになっていれば、家の中は穏やかだった。あいつの暴力でうちは壊れてしまう寸前だったから。だから、それは我慢できたし、我慢するしかない、と思ってたの」

彼女が大事にしていたものは、すべて実の兄に壊されたり取り上げられたりしたと。

「お年玉を貯《た》めて買った小説やマンガは見つかり次第売り払われたし、たま～におばあちゃんが買ってくれた可愛い服も切り裂かれた。友達がくれたリボンも、目の前でトイレに流された」

淡々と語るダコタの目には感情が無い。

「だから、大事なものは持たないようにしてたんだけど……でも、人間だからそれは無理だよね」

ある日、自分に寄ってきた野良猫がいた。エサをやったら本気でなついてくれた。

だが、その猫の存在も兄に知られた。

そして、猫は姿を見せなくなった。餌の時間になっても。

猫が現れなくなって三日後。兄がダコタの目の前にふさふさした長いものを突きつけた。

「お前が餌をやってた汚い猫の尻尾《しっぽ》だよって。『本体』がどうなってるか知りたいかって。お前の猫の、この世に残ってる部分はこれだけだ、形見がほしいだろうって」

返してってあたしが泣き叫ぶところを見たかったんだ、それを見て大笑いしたかったんだよ、あいつは、と、ダコタは静かに言った。

「その尻尾も、あいつはあたしの目の前でトイレに流した。自分でも不思議だったんだけど、涙は全然出なかった」

完全に無表情になった彼女が、おれには怖ろしかった。

「このことは誰にも……警察でも、自立支援施設でも言ってないんだ。たかが猫のために、世間が大騒ぎになった殺人事件を起こしたって思われるのは、それだけは嫌だったから」

彼女は打ち明け、最後に一言付け加えた。

「だから飯倉くんも、誰にも言わないでね」

施設に送って行くと、ダコタは振り返って、玄関先でおれに手を振ってくれた。その顔には少し寂しげな笑顔が浮かんでいた。

その後事務所に戻ると、追いかけるようなタイミングでＮＰＯ代表の氷室玲子がやって来た。

「どうも有り難うございました。かなり手こずると思っていたのに、幸い良い人材がいて。噂《うわさ》通りの敏腕事務所ですね！」

最大級の賛辞を浴びた黒田は機嫌良さそうに鷹揚《おうよう》に頷いた。何もしていないクセに。

玲子はおれにも礼を言った。

「解決してくれてありがとう。あの子、ワガママで困るのよ。あの子には事件の手記を書かせようと思っているのに」

それを聞いたおれは仰天した。

「ちょ、何言ってんすかおたく。あんなひどい事件の手記とか無理っしょ。あんなこと、ダコタたん……いや、彼女だって、もう二度と思い出したくない筈《はず》……」

「馬鹿ね。あの子本人が書く必要なんてどこにもないの。ゴーストを立てるに決まってるじゃない」

当然でしょ、と玲子は得意そうに続けた。

「ほら、このあいだ五十万部のベストセラーになった本があるでしょう？　『居場所のないぼくは猫を殺した』って。あれだって、ウチが仕掛けたものなんだし」

その本は、やはり未成年だった、元連続猟奇殺人犯が書いたものだった。

「あの……自分より年下の子供を三人殺して、その死体で『アート』を作ってネットにアップした、あの『猟奇くん』が書いたもののことですか？」

そう言ってじゅん子さんが驚いた。

犯行声明で夜絢波羅凌樹《やないはらりょうき》と名乗っていた彼は、ネットでは凌樹ならぬ「猟奇くん」と呼ばれているのだ。

「あんたも阿漕《あこぎ》な商売しやはりますなあ」

さすがに黒田も呆《あき》れているが、玲子はどこがですか、と首を傾げて反論した。

「だってこれはビジネスですから」

「いくらビジネスっても」

思わずおれは口を出した。

「本書いたりしたら、世間から叩かれるじゃないっすか。ほら、あの『居場所猫』の猟奇くんだって……」

『居場所のないぼくは猫を殺した』は発売直後から大騒ぎになり、ネットはもとよりマスコミでも大炎上したのはまだ記憶に新しい。

しかし氷室さんはおれの言うことなど気にも留めなかった。元は出版業界の凄腕編集者だったというダコタの話は本当だったのだ。

「社会に問うことに意味のある本なのよ。あなたたちも表現の自由に枷《かせ》をかけるつもり？　それよりも何よりも、今は出版不況なの。とにかく売れることが正義なの。それに、嫌韓嫌中のヘイト本よりはるかにマシでしょ」

少なくとも日本の外交にダメージを与えることはない、と氷室さんは力説した。

「盗人にも三分の理、ちゅうところですな。あ……いやいや失敬。わし、無学やから言葉の選択、よう間違いまんねん」

黒田はそう言って誤魔化した。報酬の額がそれなりである以上、依頼人の根性が気に食わないからと言って、叩き返すわけにはいかない。氷室玲子が商売なら、こっちも商売なのだ。

「振込確認できました。ありがとうございました」

パソコンで入金確認をしたじゅん子さんは頭を下げ、領収書を発行した。

金伍拾萬円也《きんごじゅうまんえんなり》　但し調査費用として、という領収書を受け取った氷室玲子は、上機嫌で帰って行った。

「出版ちゅうのんも因果な商売やな」

ハードボイルドを気取る、というよりカネですべてを割り切るはずの黒田社長なのに、今回ばかりは割り切れない表情だった。

＊

そのわずか一週間後、氷室玲子がふたたび事務所にやってきた。

「またトラブルです。お願いできますか？」

息せき切って駆け込んできた彼女は、新たな依頼を持ち出した。

「ホームページを潰してほしいんです。ほら、あの『感情を持たない夜絢波羅凌樹と、彼の復活の年』っていう」

「猟奇くんが開設したサイトですね」

さすがにじゅん子さんは何でも知っていた。

氷室さんの仕込みでベストセラー作家に成り上がった元殺人犯は、ネット上にサイトまで開設していたのだ。

あれはバレンシアガだとじゅん子さんが言っていたワインレッドの高そうなバッグから、氷室玲子はタブレット型端末を取り出した。

「これよ……なかなか繋《つな》がらないわね。ああもうイライラするっ」

何度も「５０３」のエラーが出たあと表示されたそのサイトは、非常にスッキリしたデザインで、一見デザイナーが作ったオシャレなサイトのように見えたが、氷室さんは憤懣《ふんまん》やる方ない様子でタブレットの画面を指差した。

「ほら、ここを見てよ。ウチに世話になった恩も忘れて、『居場所猫』がミリオンに届かなかったのはウチのせいだ、売り方が下手《へた》くそだったからだ、裏切られた、とかあることないことを書いているでしょう？」

「ウチっていいますけど、猟奇くんが非難してるのはおたくのＮＰＯじゃなくて出版社じゃないスか？　居場所猫を出した……ええと萬問《まんもん》社っていう」

口を出したおれを、彼女は睨みつけた。

「そうよ。萬問社は私が前にいたところだけど？　いちいちそこまで説明しなくちゃならないのかしら？」

氷室さんの怒りを含んだその声に、呑《の》み込みの悪いおれにもやっと理解できた。

ＮＰＯ代表になる前の氷室さんが編集者として辣腕を振るっていた出版社が萬問社、そして今、氷室さんのＮＰＯのバックについているのも、やっぱり萬問社なのだ。

「さよか。元犯罪者を囲い込んで本書かせてるとバレたら、そら出版社としては外聞が悪いですなあ。おたくのＮＰＯを噛ませておくのは、賢い遣《や》り方や」

阿漕な商売が得意な黒田は頷いている。

「まあそういうことね。ウチだっていろいろ考えて出版にこぎつけたのに」

氷室さんが「ウチ」というのはNPOではなく、古巣の出版社のことなのだろう。

「しかもウチをさんざん非難した、その舌の根も乾かないうちに……呆れたことに『居場所猫』の宣伝をしてるのよ。日本で最も有名な犯罪者の書いた本だ、これを買わなくてどうする！　とか煽《あお》りに煽って」

「猟奇くんだけじゃないですけどね。本を書いた元犯罪者は」

読書家のじゅん子さんが口を挟んだ。

「連続ライフル魔とか、女の人を殺して食べちゃったヒトとか。最近では、ここのすぐ近くに車で突っ込んで、ナイフ使ったヒトとか」

「あの事件の犯人については残念なことをしたわ。私が仕掛ければ、もっともっと売れる本にできたし大きな版元から出せたのに。あんな、一見しおらしく反省しているようでいて、実は遺族の感情を逆撫《さかな》ですることだけが目的の本じゃなくて……ゴーストをつけて、もっとずっと面白く出来たのに」

「けどあの犯人ってブサイクだよねえ」

あや子さんが無遠慮に暴言を吐いた。

「華がないっていうか……あれじゃ売れるわけないよ。その点、猟奇くんは」

「カリスマがあるでしょ？」

と、氷室玲子はニッコリした。

「夜絢波羅凌樹にはカリスマ性があるのよ。だからこそハーフミリオン売れたのね。だけど物事には限度ってものがあるでしょ？　自分はブランドだ、戦後日本最大の少年犯罪者だ、だから百万部超売れて当たり前とか、そこまでノーテンキに勘違いされちゃ困るのよ。芥川《あくたがわ》賞でも取れば別だけど」

なんだかおれには、氷室さんの言ってることがひどく間違っているような気がする。だが、当の氷室さんは自信満々だ。

「ほら、ここにも」

氷室さんは、タブレットの画面を指先で叩いた。

「続編に期待してほしいとか、そんなことまで書いてあるじゃない……そんな予定、全然ないのに。なのにおかげでウチっていうか、萬問社には抗議の電話が殺到よ。それは困るの。やったことで叩かれるのは仕方がないけど、やってもいないことで叩かれるのはね」

黒田社長もこれには呆れたようだ。

「困ると言われるけど、こいつは要するに、タダの人殺しやおまへんか。元人殺しがエラそうに『発信』とやらをするようになったのも、おたくらが焚《た》き付けて本を書かせて大金摑《つか》ませたせいとちゃいまっか？　それを今更黙れと言うても、無理やがな。テキは覚醒してしもうたんでっせ。カネの味を覚えて」

「だから黙れということではなくて、穏便に、発信を止《や》めさせてほしいわけ。あのサイトは精神有害だ、あれを見て影響を受けて犯罪に走る青少年が出てくるとか何とか、まるでPTAみたいなことを言う学者までいてね」

氷室さんは憤慨しているけれど、おれには自業自得としか思えない。

「とにかく何とかして。あの子を黙らせて。ウチとしてはほとぼりを冷ます必要があるの。おたくはその筋の人なんでしょう？　ちょっと脅かせば黙るわよ。あの子は、自分より弱い相手にしか暴力を振るえない人間なんだから」

前金で払うから、と現金五十万円をどん、と置かれた瞬間、黒田は態度を豹変《ひょうへん》させた。

「いやもう仰せご尤《もっと》もで。おっしゃるとおりですわ、ホンマ。世間を知らん、頭でっかちのガキにはほんま、困らされますわなあ。たしかにウチの得意な分野ですわ、この仕事。さあ、優秀な飯倉くん、君の出番やで！」

例によって矢面に立たされ、元猟奇殺人犯に会いに行かされるのは、このおれだった。

心配することはない、とおれは自分に言い聞かせた。匿名はやめろ、との大合唱の中、「猟奇くん」は頑《かたく》なに正体を明かさない。今も少年法に守られたままなのだ。連絡先はサイトにあるメアドだけ。メールを送っても、よもや探偵事務所の男です、と名乗る者の話なんか聞いてはくれないだろう。それはもう、ダコタ以上に、会うことすら難しいケースではないか。

だから時間を稼いで「やってみたけど結局ダメでした」と頭を下げればいい。だが……。

依頼人の氷室さんが帰った後、じゅん子さんがいろいろやっていると思ったら、「アポ取れました！　会ってもいいって返事が来ました！」と叫んだので、おれはショックで死ぬかと思った。これは悪夢か！

「ホンマか！　それはでかした！」

絶望するおれをよそに黒田は小躍りした。

「エラい段取りがエエやないか。どないなウルトラCを使《つこ》うたんや？」

そう訊ねた黒田社長に、じゅん子さんは少し後ろめたそうに答えた。

「実は、読書好きなら誰でも知ってるカリスマ編集者に成りすましました。『一緒に仕事して芥川賞を獲《と》りに行きましょう』ってメッセージを送ったら、猟奇くん、すぐに乗ってきて」

アポはなんと一時間後。場所は日比谷《ひびや》の外資系超一流ホテルの、最上階ラウンジを指定してきた。どうせ奢《おご》りだから高い酒にありつこうとでもいうのか？

「もちろん、一緒に来てくれるんですよね？」

すがるような眼差《まなざ》しでおれが訊くと、黒田社長はいきなりそわそわし始めた。

「あ！　しもた！　わし、先約があるの今思い出した！　スマンな、これ、どうしても外せん大事な先約なんや！」

「ええっ？　ってことは、おれが一人で猟奇くんに会わなきゃならないってコトですか？　そんなのイヤっすよ。怖いっすよ」

おれはもう泣きそうだ。

「五体バラバラになっておれが『アート』にされたら、両親や姉貴が……」

あまり悲しまないかもしれない、と思ってしまうのは残念ではある。

「心配せんでも大丈夫や。そいつのことは日本政府と法務省が全力をあげて」

「更生させてるって言うんすか？　ダコタはそうだったかもしれないけど、猟奇くんは……こんな画像、サイトに載せてるんすよ！」

そこには猫の死体を集めてレイアウトしたと称する『アート』なるものの画像があった。ちょっと見にはカラフルな、色とりどりの毛皮の山としか見えない。だがよく見ると、目を閉じて動かない猫の身体が、おびただしく積み重なって構成されたものだと判る。

「コイツ、全然反省してないっすよ！」

「いや、そうかもしれんが、まさか飯倉、お前を白昼堂々解体したりはせんやろ。大丈夫や。大船《おおぶね》に乗った気持ちで行ってこんかい！」

「おかしいっスよ言葉の使い方が」

バックアップも無いのに、とおれが言うと、さすがに黒田は申し訳なさそうな顔になった。

「まあ、ハッキリ言うて、ワシはこういうヤツ、苦手やねん。何考えとるか判らんヤツは気色悪いねん。相手が極道や半グレやったら全然、かまへんのやけどな」

ほな、と言った黒田社長はそそくさと立ち上がり、羊革のコートを取ると、妙にキビキビとドアを開けて出ていった。

高級ホテルのラウンジに似合うような服を持っていないおれに、じゅん子さんは貸衣装を用意してくれたが、手違いが発生してタキシード一式が届いてしまった。

「こんなの着て、猟奇くんを説得するんですか？　バカにしてるのかと怒り出したらどうするんです？」

必死に逃げ道を探すおれ。

「あら、タキシードは正装よ？　大事な人物に会うからわざわざ正装で来てくれたんだって、相手に感銘を与えられるわよ。それに、いい目印になるし」

そう言われて慣れない蝶《ちょう》ネクタイをしたが、貫禄《かんろく》のない痩せたおれが着ると、どう見てもキャバクラのボーイさんにしか見えない。

＊

夕暮れの高層ホテルの、最上階にあるラウンジバー。リッチなアダルトにこそ似合う、つまり、おれにはもっともそぐわない場所だ。

夕景を見下ろすパノラマ席でおれがキョドっていると、声をかけられた。

「目印どおりだ！　キャバクラのボーイさんそのものにしか見えないな」

アポロキャップにサングラス、ジーンズにブルゾンといった、芸能人のお忍び姿の定番のような恰好《かっこう》の若い男だ。ジーンズもブルゾンも高級品のようだ。

「だが、権堂《ごんどう》さんはなぜいないんだ？」

権堂さんとは、じゅん子さんが勝手に名前を使った著名な編集者だ。

「騙《だま》したのか？　有名編集者だと思ってホイホイ会いに来たおれがバカだったよ」

「ちょ……待ってください！　大事なお話があるんすよ！」

踵《きびす》を返して立ち去ろうとする猟奇くんを、おれは必死になって引き留めた。なんの成果もないまま帰ったら、黒田に半殺しにされる。

「一つだけお願いが。ネットのあのサイト、やめて貰うわけにはいかないでしょうか？」

彼は足を止めて、おれを見た。

「好きなものを飲んでください。せっかく来てくれたんだし」

「あんた、ナニモノ？」

猟奇くんはスツールに座りながら訊いた。

「あるヒトに頼まれた者です。早い話、あのサイトをやめて貰うだけでいいんです」

話を続けようとしたらウェイターが来た。

「ヴェスパー。あんたは？」

「あ、じゃあ同じモノを」

おれにはお酒の知識はまったくないから、カッコを付けようにも付けられない。右に同じをしておけば、とりあえずは無難だ。

畏《かしこ》まりました、と去るウェイターの背中を見ながら、彼はウンチクを口にした。

「一般的なマティーニは、ジンとベルモットに氷を入れてバースプーンでステアし、オリーブの実を添え、場合によってはレモンを飾るが、ヴェスパーは、イギリス産ゴードンズのジンと、ロシア産ウォッカの両方を入れて、ベルモットの代わりにフランス南西部ボルドー産アペリティフワインのキナ・リレを、またオリーブの実の代わりにレモンの皮を入れる。全部ウィキペディアの受け売りだし、カクテルってこれしか知らない」

彼はそう言ってふふふと低い声で笑った。

「あのですね」

おれは怯えながらも必死にかき口説いた。

「せめて世話になったヒトを悪く書くことはやめたほうがイイと思うし、ああいうことを書いて被害者遺族に悪いとは思わないんすか？」

彼は、運ばれてきたカクテルを一口啜るとサングラスを外した。蒼白《そうはく》な顔色に、暗い瞳。取り憑《つ》かれたように前を見つめる視線。

「あんたの雇い主に言ってくれ。交渉は決裂だってな」

窓の外を見つめながら続けた。

「どんなに謝っても絶対許してもらえないのに、それでも謝り続けて一生を終えろなんて、それはどんな無理ゲーだよ。おれは金を摑んだ。五十万部の印税だから数千万だ。もっと手に入って当然だ。おれはそれだけの存在なんだから。それでおれは人生をやり直すんだ」

そう言われても、おれにはありきたりの言葉しか返せない。

「でもそれおかしいっしょ。金を摑んだって言っても、それは何の罪もない、弱い子供を三人殺してその結果、手に入れたカネじゃないすか！」

おれは震えつつ、必死に反論した。

「お前はとことんバカだな。いいか。カネに色はついてないんだよ。おれが本を書かずに、死ぬまで謝り続けても死んだ子供が生き返るか？　済んだことは済んだこと。未来を向いて生きるべきだろうが？　カネはカネだ。おれが書けば本が売れる。本が売れれば書店が儲かる。出版社も儲かる。経済が回って、そこで生計を立てている、全員が潤うんだよ！」

一見筋が通っている理屈だが、絶対、どこかが間違っている。だが彼は続けた。

「遺族に無断で本を出すのが悪い？　頼んだら遺族が許すのか？　そんなわけないだろう。だから最初からおれたちは遺族の了解を得ることは考えなかった。無駄なことはしないんだよ、賢い人間は。おれは特別な存在なんだ」

彼はカクテルを飲み干した。

「……おれはずっと施設にいて、そのあとは底辺を這《は》いずり回る肉体労働をやってきた。だから普通のオトナが知ってることがあんまり判らない。このカクテルだって今日初めて試したんだ。全然、美味しくないんだな」

「それはおれも似たようなもんスよ」

施設には入ってないけど、とおれは続けた。「おれは頭悪いかもしれないっすけど……」

「かもしれない」ではない、鉄板で「悪い」んだと猟奇くんは言うだろうが、どうしても納得できないおれは言うしかなかった。

「あんたは自分で特別な存在だって言うけど、あんたのやったことって、度胸さえあれば誰にでも出来ることじゃないっすか。サッカーの日本代表になるとか、ノーベル物理学賞を受賞するとか、そんな技術とかアタマの良さとか、なんもいらないっしょ！」

「うるさいうるさいうるさい！　誰が何と言おうとおれは特別だ。おれがやったようなことを出来る人間なんかいない。サッカー日本代表なんか一大会だけで何十人もいる。ノーベル賞受賞者だって累計で何百人だ。けどおれみたいに、まだ未成年なのに凄いことが出来た人間が、ほかにいるか？　日本国内だけでもまだ片手だ。だからおれは報われて当然だ！　すごいことをした人間がカネを手にするのは当たり前だろ？」

それじゃ、と言い残して猟奇くんは席を立ち、肩を怒らせて歩いて行ってしまった。

取り残されて呆然《ぼうぜん》とするおれ。

お前のような全然サエない、負け組丸出しの凡庸な人間に理解できるわけがない、的に、かなりディスられた気もするが、目眩《めまい》がしてほとんど覚えていられなかった。

「そうか。まあしゃあないな」

黒田社長があっさり言ったので、パンチの三つくらいを覚悟していたおれは驚いた。

「ムショでも少年院でも、表向きだけの反省をするやつはいくらでもおるわ。娑婆《しゃば》に出るためやったら、どんなことでも言うし書くし、フリをする」

お前が落ち込むことはない、相手が異常なんや、元気出せ！　と黒田社長はおれの肩をバシッと叩いた。

グローブのような手で張り手をかまされても痛いだけだ。だが、優しくもない黒田が励ましてくれているところを見ると、おれはよぼどシケた顔をしていたのだろう。

「大勢の人が手間ヒマかけて真人間に戻したっちゅうことになっとるが、そいつの本質は何も変わっとらん。楽なシノギがあるんやったら当然、そっちに走るわな。最低賃金で肉体労働続けても先行き、まるでエエことはないんやから」

黒田社長は当然のように言うが、底なしの暗い穴を覗《のぞ》き込んでゾッとしているおれに、元気が出るはずもない。

じゅん子さんが報告書を打ち込むカタカタという音が聞こえる。自分の仕事に集中していているようでいて、じゅん子さんはおれたちのやり取りに耳を澄ましているのだ。

キーボードの音を聞きながらおれは言った。

「けど……反省もないのに事件のことを書いたりホームページを開いたりすれば、それを見て、つらい思いをする人だっているじゃないっすか！」

「アホやなお前。世の中はそういうもんや。たかだか一人か二人が傷ついてもやな、カネ払っても読みたいと思う外道《げどう》が九十九人おれば商売になる。綺麗事抜かすな！」

それまで聞こえていたキーボードを叩く音が一瞬止まった。

じゅん子さんがこっちを見た。その顔色が心なしかいつもより白いような気がした。

＊

それから数日後。

ついつい気になって、おれは猟奇くんのサイトを毎日チェックするようになっていたのだが、その日の朝、リンクを開いたおれは度肝を抜かれた。

広告バナーの一切無い、スッキリした作りだったサイトが、見るも無惨な、まるでマイクロソフト製品のパッケージか商店街のチラシのような、アフィリエイト広告がど派手に並ぶ、センス皆無の情けないものに成り果てているではないか！

しかも、何故か勝手に掲示板までが併設され、そこが当然のこととして大炎上している。

掲示板の書き込みの最初のほうには、猟奇くんを神と崇《あが》める「信者」の投稿ばかりが他所《よそ》から転載されている。それが大勢の怒りの火に油を注いだことは、読んでいくうちにおれにも判った。

『「夜絢波羅凌樹」様としてあなたがこの世に生まれた、あの記念すべき日が来月に迫っています。夜絢波羅さまがその比類なき「アート」を世に問うたその日を私は毎年、一人お祝いさせていただいているのです』

『私も同じです。私もいつの日か夜絢波羅さまのようなアートをこの手で作り出し、世間の凡庸な羊どもを震撼させてやりたい』

最初こそそんな気持ちの悪いコピペで埋め尽くされていた掲示板は、すぐに阿鼻《あび》叫喚《きょうかん》の修羅場に変わっていた。

現在、リアルタイムで書き込まれているのは罵倒や呪いの言葉ばかり。それ以上に多いのは金融会社や商材、そしてアダルトグッズの広告だった。

『あの本を書くことでお前はおれを怒らせた。千年にわたって粘着してやるから覚悟しろ！』

『自宅住所特定しますた』

『ピザ五十人前送りつけてやろうか？』

『中二病治ってないよなお前プゲラ』

『な〜にが居場所の無いボクだこのクソが！　キモいんだよ自意識過剰の文章が』

『タイトルをパクッた作家たちに謝れ！』

それに混じって貼り付けられている残虐画像やエロ画像の数々を見て、黒田社長も呆れて笑い出した。

「なんや、わやくちゃやな。人が首切られとる画《え》と、オナホールやテンガの広告がもうぐっちゃぐちゃや」

あまりの炎上ぶりに、掲示板への対処だけで手一杯になってしまった猟奇くんは、サイトでの「発信」どころではなくなっているらしい。サイトを閉鎖することも出来なくなっていたのだが、結果、更新はピタリと止まった。

一方的な意見の「発信」をやめさせてほしい、という当初の依頼が達成されたとして、氷室玲子からは追加の振込があった。

「まあ、敵失に救われた、ちゅう感じかいな？　掲示板にやたら書き込んでくれとる、ほれこのヒトに、金一封でも送ったらなアカンな」

ケチな黒田が口だけでも賞賛を送ったのは、ずっと、このサイトの掲示板に貼り付いている「ネメシス」と名乗る女性だ。被害者遺族だと自称しているが、本当に遺族なのか、いや真の性別すら判らないのだが。

猟奇くんの怒りの矛先は、今や萬悶社から全面的にこの「ネメシス」に向かっていた。それだけ彼女は執拗《しつよう》に猟奇くんを叩き続けているのだ。

『あなたのことを絶対、許さない。大切な家族を奪われた人間の気持ちが判る？』

『はぁ？　判らないけどそれがどうした？　判るぐらいならあんなこと、最初からやってない。それよりお前は、おれのサイトを荒らすのをやめろ。不正アクセス禁止法違反だ。日本人なら日本の法律を守れ。おれが本を書き、このサイトで意見を発信することは完全に合法だ。だが、お前は犯罪者だ。おれには支援者の弁護士だって付いてるんだぞ！』

これを読んだ黒田は呆れたように言った。

「ヨモスエや。人殺しが遺族を犯罪者呼ばわりしとる。弁護士まで付いたそうや」

なぜかじゅん子さんが蒼《あお》くなっている。

「社長。ウチが警察に摘発され、莫大《ばくだい》な慰謝料を請求されるかもしれません」

「なんでや。またこのアホの飯倉がヘマでもしたんか?」

そう言うやいなや、黒田のグローブのような手が、おれの頭をハタいた。

「まあええわい。こいつの給料から引いとき」

「いえ、そうではなくて」

じゅん子さんは、ひどく真剣な表情だ。

「実は……猟奇くんのサイトを勝手に書き換えて、イモサイトの極みにしてしまったのは、この私なんです」

衝撃の告白だった。

知り合いのハッカーに頼んでサイトを書き換えさせ、さらに被害者遺族を名乗って最初に荒らしの書き込みを始めたのは、なんとじゅん子さんその人だったのだ。

「掲示板を勝手に作って猟奇くん信者のコピペをそこに貼ったら面白いように炎上して」

「なんでまた、そんな……」

まさかの告白に黒田社長もおれも仰天した。沈着冷静なじゅん子さんが……何故?

「あんまりムカついたので、ついやってしまったけれど……このままでは大変なことに」

しかも今、サイトを荒らしている「自称遺族」は、じゅん子さんではない、別人の誰かなのだという。

さらに悪いことに、猟奇くんと自称遺族「ネメシス」とのやりとりはヒートアップし、ついには実際に会って決着をつけようというところにまでエスカレートしていた。

「なんやて？　会うことはもうキマリで、遺族がいつでも来い言うとるんか？」

そらエライこっちゃと黒田は慌てている。

「これは、この決闘に立ち会って……いやいや、決闘の場所に行って仲直りさせなあかんで。人死にが出る前に」

被害者遺族は、事件当時と同じ、東京近郊のベッドタウンに住んでいる。

掲示板への書き込みから窺《うかが》える現在の年齢そして事件当時の家族構成から判断すると、このネメシスという書き手は、最初の被害者だった女の子の母親に間違いない、とじゅん子さんは断言した。

「なぜなら私もそのキャラ設定で、あちこちにリンクを張りまくったからです」

「そうか。そやったらこの件は、ウチの総力を挙げて対処せんとアカンで。ほな、今からみんなで被害者のお宅に行こう」

だがおれは釈然としない。

「あの、おれの場合はお前が一人でなんとかせえと言うのに、じゅん子さんの時はどうして『総力を挙げて』ってことになるんすか？　これってふこうへ……」

言い終わる前に、社長のグローブのような手が飛んできておれは数メートル飛ばされた。

「アホボケスカタン。お前と違《ちご》うて、じゅん子はウチの功労者や。それに、じゅん子のミスは考えた末に起きた仕方のないことや。お前みたよなアホがしでかす単純ミスとは話が違うんじゃ！　判ったか、このカス！」

社長はもしかして、あや子さん以上にじゅん子さんを愛してるんじゃないのか？

とにもかくにも、我々一同は、あや子さんも含めて四人で、被害者宅に出向いた。おそろしいことに、被害者宅は、ネットで少し検索すればすぐに出てきたのだ。

黒田社長とおれ、そしてじゅん子さんが頭を下げて、お線香を上げさせてほしい、と頼み込んだ。

応対に出てきた被害者の母親は、やつれた表情で話を聞いてくれた。とても掲示板荒らしをするようには見えない。だが、人は見かけによらないということもある……。

「そうですか……お話がよく判らないのですが、あの子のことを覚えていてくださったんですね。会ってやってください」

そう言って、おれたちをリビングの隣の和室に案内してくれた。

そこには立派な仏壇があった。

愛らしい女の子の遺影の前には、たくさんのおもちゃやお菓子が飾られ、グラスに入れたジュースが供えられている。

お気に入りだったという白いウサギのぬいぐるみも、少しほつれてはいるが、綺麗に手入れされ、薄汚れたりはしていない。

ぬいぐるみを手にとって、母親だった女性はウサギを胸に抱きしめた。

「あの子が、片時も離さなかったぬいぐるみです。あの日も、傷つけられたあの子が必死に握りしめていたそうです。ほら……ここに少し血がついているでしょう?」

あまりに気の毒で、おれは何も言えない。冷血な黒田も、あや子さんと一緒に、目に涙を溜《た》めている。じゅん子さんだけは怒りの表情だ。

「もしもあの子が生きていれば……このウサギさんも、きっとボロボロになっていたんでしょうね。こんなに綺麗なままではなく……」

気がつくと殺された子のお母さんは泣いていた。声もなく、静かに。

おれは事件のまとめサイトを読んでいたので、このお母さんにとって殺された女の子が、たった一人の子供だったことを知っていた。その後、彼女が子供に恵まれなかったことも。

家の中はきれいに片付いて掃除も行き届いていたが、どこか時間が止まってしまった感じがあった。

誰かが突然いなくなるということは、こういうことか……。

鈍感なおれでさえ衝撃を受けた。当たり前のことだけれど、殺された人のまわりには、その人をとても、とても大事に思っていた人たちがいる……。

貰い泣きしているおれを、黒田社長が睨みつけた。その目は「用件を早《は》よ切り出さんかい！」と言っている。例によって言いにくいことは、全部おれに振るつもりなのだ。

物凄く気が進まないけれど、仕方がない。

おれは、言葉を選びまくって、おずおずと犯人の元少年が作ったホームページのことを切り出した。

だけど、おれには判っていた。この人は「ネメシス」なんかじゃない。気力に溢れ、憎しみで一杯の、あんな書き込みをした人物であるはずがない。そのことはもう、最初にこの人を見たときから、判っていたのだが……。

案の定、彼女は激しく驚きうろたえた。

「わたし、そんなことしてません。そんなサイト見てもいません。なのに、どうしてこんなことに……あの犯人のことは忘れたいと思っていたのに。本だって読んでいません。それなのに……私が一体、何をしたというんですか……」

黒田はいたたまれない様子で視線が定まらない。これほど判りやすい男も珍しいんじゃないか？

あげくに、ちょっとお手洗い貸してもらいます、と言って席を外してしまった。

何故こんなに卑怯《ひきょう》なんだ、ヤクザのくせに、とおれは社長を呪いながら、それでも必死に彼女に謝った。

「すいません。ごめんなさい。突然押しかけて、こんなひどいことを訊いて、ほんとうに悪いと思っています。辛いことを思い出させてしまって……でも、マジでヤバいんすよ。猟奇くん……いや、犯人があなたのことを逆恨みして……いや違くて、あなたのことをネメシスと思い込んで」

我ながら支離滅裂でちょっと何を言ってるか自分でも判らない。

じゅん子さんは硬い表情のまま、おれの隣で黙ってやり取りを聞いている。おれとしては、じゅん子さんに的確な助言をしてほしいのだが……それも無理か。

その時、家の外で激しく言い争う声と悲鳴が聞こえてきた。

「！」

「心配要りませんよ」

とっさにあや子さんが母親を気遣い、手を取ってくれた。こういう時、母性とおっぱいのかたまりのあや子さんがいるのは心強い。

おれとじゅん子さんが慌てて外に出ると……。

そこには男が倒れていた。マスクとサングラスを身につけ、腹部が血に染まっている。

「た……助けてくれ……救急車を……」

うめき声に聞き覚えがあった。おれは倒れた男のマスクを剝ぎ、サングラスを取った。蒼白な顔色と、取り憑かれたような目つき。

……刺されたのは、猟奇くんその人だった。

「お前、ホントに果たし合いに来たのか！」

驚くおれに、彼は苦しげな声で言った。

「当たり前だ。おれは誰も守ってくれない……だから、自分で決着をつけようとしたんだ」

「決着？　決着をつけたいのはこっちだ！」

怒鳴られて振り返ると、返り血を浴びた男が立っていた。ナイフからは血が滴り、手も顔も、服も真っ赤に染まっている。

「おれの……ミケをよくもよくも惨殺してくれたな！　しかもそのことを微に入り、細を穿《うが》って本にまで書きやがって！　大事なものを奪われた、おれの怒りを思い知れ！」

「誰だ？　あんたは」

唖然《あぜん》とするおれにナイフの男が答えた。

「だからおれは、このクソ野郎に惨殺された、猫の飼い主だったんだよ！　そこをどけ！」

ナイフを持った男が突進してくる。

おれはその時……猟奇くんがこのままトドメを刺されてもいいんじゃないか、とボンヤリ思った。そんなことを言えばいろいろ叱られるだろうけど、この時ばかりは、そう思ってしまったのだ。

だが、そんなおれのヤワな気持ちは瞬時に粉砕された。おれが一歩引いた、その時。

ウオーという雄叫《おたけ》びとともに黒田社長が突然走り出て、ナイフ男に跳び蹴りを食らわせたのだ。

ごすっという鈍い音がして、ナイフ男は数メートルほども吹っ飛び、顔から地面に着地した。そこに黒田が襲いかかり、ナイフを奪って腕を捩《ね》じ上げた。ボキッという音がした。

「もう止めや。あんた腕、折れたで」

「離せ！　離してトドメを刺させてくれ！　ミケのカタキを討たせてくれ！」

男は男泣きに泣いている。「ネメシス」の正体はこの男なのだろうか。

「あんたは猫を飼ったことがないんだろ！　飼ってみれば判る。おれの、この気持ちが」

「いやいや、それはよう判る。判るで」

「だったら！」

男が黒田の手を振りほどこうとしたので、ヤクザ社長は男の顔面に一発拳を叩き入れた。

ガキッという鈍い音がして、前歯が折れたようだ。

「やめぇや！　もうええがな。殺してもうたらお前、最低でも懲役五年やぞ。こんな鬼畜外道のクソガキに、そんな価値あるか？」

よう考えてみい、と襲撃犯に言った黒田は、ぐるりと首をまわして、棒立ちになっていたおれを睨んで怒鳴りつけた。

「飯倉。何しとるんやワレは？　このアホンダラが！　とっとと通報せんかい！」

＊

氷室玲子が主宰するNPO「やりなおしサポート」は萬閊社の直轄というブラックな関係が表沙汰になり、解散した。

ダコタも悪のNPOを離れ、元の、児童自立支援施設からのサポートチームの庇《ひ》護《ご》下に戻ることになった。

閉鎖間近のNPOに、おれがダコタを訪ねて行くと、彼女は今まさに出て行こうとするところだった。多くはない荷物を持って。

「サポートチームの人たちといると、いつまでも自立できないと氷室さんには言われて……自立しなきゃ、頑張らなくちゃって思ってたけど、判ったの。あたし、そんなに強くないから。助けてもらわないと駄目だって」

ふっきれたような表情におれも安心した。

「これからどうするの？」

「普通に生きてく。そんなこと言うと怒る人もいるだろうけど」

「そんなこと絶対ない！　少なくともおれは」

ありがとう、と言って迎えの車に乗ろうとした彼女は、振り返っておれを見た。

「いつか……猫を見に行っていい？」

そう言って微笑《ほほえ》んだ。

ぱっと陽《ひ》が射《さ》すような明るい笑顔。たった一枚しかない写真と同じ、あんなことをしてしまう前の、まだ普通の女の子だった彼女がそこにいた。

おれはなぜかしら胸が熱くなり、答えていた。

「いいよ。いつでもおいで」

第二話　癒してあげる

「黙れって言ってんのが判んないの？　このクソジジイ！」

気がついたら自分でもびっくりするほどの大声で、派遣のジジイを怒鳴りつけていた。

帰り支度をしていた派遣スタッフたち全員が凍りついた。ちょっとやりすぎたかな、と思ったが、後には引けない。

私は三原《みはら》さゆみ。人材派遣会社「ニコニコふれあいヒューマンエージェンシー」(通称・ニコふれヒュー)の現場監督業務を担当している。二十九歳という年齢の割りにお給料は破格で、入社時点では手取りで二千万近い契約だった。高給につられて転職したのは間違いではなかったが、やはり世の中、いいことばかりではない。

日雇い派遣のスタッフを人間と思うな、甘い顔をすれば舐《な》められる、あらゆる機会をみつけて威圧するように。会社からはそのように指示されているので、怒鳴ることに問題はない。深夜二時過ぎという時間帯で、空腹すぎてイライラしているということもある。

だが今は、その場の全員が固まり息をひそめて、私と派遣のジジイを見守っている。

「皆さんは帰って良いですよ〜」

気を取り直し、ひきつった笑顔と一オクターブ高い声でにこやかに伝えると、止まっていた時間が元に戻って全員が動きだし、荷物をまとめてそそくさと作業場から逃げて行った。

ほら、みんなこんな従順なのに。日雇い派遣なら、こうあってしかるべきなのに、なぜ今、私の目の前にいるこのジジイだけが私に逆らうのだろう? それも、今晩だけでもう二度目だ。

今夜の作業場は、最寄《もよ》り駅からかなり離れた場所にある雑居ビルの五階だ。

その一室に、生地がぺらぺらの黒いミニワンピースと、ふわふわの尻尾が大量に積まれている。作業開始は昨晩の午後十時だった。このビルはレンタル料が安い。似たような作業に借りる企業が多く、こんな不便な場所なのに予約がびっしりなので、深夜十時から明け方の四時まで、という変則的な時間帯で作業が組まれ、それに合わせて募集をかけたが、断ってきた登録スタッフは一人もいない。

それも当然で、ウチに登録しているのは、ほぼ全員がほかに働き口のない高齢者なのだ。

年越し派遣村に若者が押し寄せたのは昔の話で、今の若者はウチのようなブラック派遣に登録するくらいなら、同じブラックでも安い飲食チェーンで働く。

それでもウチの登録スタッフが足りなくなることはない。リーマンショックでリストラされた中高年に、夫が養育費を払わないシングルマザー、賃金カットで子供の教育費や住宅ローンが払えず副業にすがる正社員、さらには介護離職など、カモにできる人材は後から後から涌《わ》いてくる。一番多いのが、年金だけでは暮らしていけない老人たちだ。

パソコン英語堪能《たんのう》、各種資格持ちなどの、いわゆる「神スペック」の人材は、私が勤務しているニコふれヒューには登録しない。ウチはハッキリ言って、派遣業界でも最低ランクの会社だ。もちろんその事実は認めたくはないし、私自身も対外的には一流企業の総合職というフリをしているけれども。

空間デザイナーが設計したお洒落《しやれ》なオフィスでPCに向かって仕事……というような理想の職場とはほど遠い。場末の雑居ビルのくすんだ一室で、社会の負け組な連中を監督する仕事だ。それも徹夜と言っていい時間帯に。

ダイエットのために午後七時以降は何も食べないようにしている私には辛い。美容体重を維持するために続けている一時間の半身浴も、こんな夜にはスキップするしかない。

こんな掃きだめからは一刻も早く脱出しなければ。お洒落なオフィスと快適な空調が望めないなら、山手線《やまのて》の内側の一戸建て、いや湾岸のタワマンでもいい、一部上場の商社勤務で実家が品川《しながわ》区のトモヒコくんと、絶対に結婚まで持ち込む必要がある。

だが気がつくと目の前で、掃きだめの中のゴミが、自分の立場も弁《わきま》えずにエラそうな主張をしていた。

「もっと作業を早くしろとおっしゃいますが」

今夜の派遣のジジイだ。しかも信じられないことに、私に反論しているではないか！

これが今夜のケチのつき始めだった。思えば一度目のこの時から、帰り際のトラブルの予感はしていたのだ。

「この明るさでは、細かい作業が満足にできません」

ジジイは天井を指差した。そこの蛍光管は六本のうち二本の割合で外されている。このビルのオーナーのしわざだ。電気代をケチろうと言うのだ。

「はぁ？　満足にできない？　それはあんたの老眼のせいでしょ。トシを考えなさいよ。向いてないと思えば断ればよかったんだし」

「そうはおっしゃいますが、私が知らされていたのは『余った時間を有効活用！イベント関連用品をチームで和気靄々《わきあいあい》と手作りする簡単なお仕事です』という説明だけです」

今夜の作業内容について、派遣の連中には一切、説明していなかったことを私は思い出した。けれどもそれはいつものことだ。

「……そこで、どうでしょう？　私、さっきトイレに行ったときに備品を見つけたんです」

ジジイは数本の蛍光管を私に差し出した。

「使われていないものです。これを取りつけてはどうですか？　明るくなれば全員の能率が上がりますよ」

理屈ではジジイの言うとおりだ。部屋の電気代は大家持ちだから、ウチには関係ない。

だが、その正論が私のムカつきを加速した。

「あんた、一体どういうつもり？　誰に断って勝手なことやってるのよ？　蛍光灯を外してあるのは電気代のために決まってるでしょ？　そのくらい判りなさいよ。だいたいあんたたちクズ派遣にはエレベーターだって使わせてないんだから！」

「敢《あ》えて指摘しませんでしたが、それも違法です。労働者派遣法には『派遣先企業の労働者が通常使用しているものの利用に関する便宜の供与』という努力義務が規定されていますので」

「はぁ？　ワケ判んないことゴチャゴチャ言ってんじゃないわよ！　そもそもここは借り上げた作業場で、派遣先企業じゃないし」

「ではあのエレベーターが設置されている理由は何ですか？　あなたはお使いになっていたようだが。『通常使用しているもの』の定義に十分該当します」

派遣のジジイのくせに理屈っぽく、しかも無駄に余裕があって上品なところがムカつく。

反射的に心の中で毒づいていた。バカにしてんの？　私のこと？

「……いや、別にあなたをバカにしているわけではないのですが」

ぎょっとした。苛立ちのあまり内心の罵倒がだだ漏れになっていたようだ。

気をつけなければ。最近こういうことが多い。ストレスのせいだ。トモヒコくんとのデートでやらかしたら、目もあてられない。

しかし一方のジジイは落ち着き払っている。

「作業環境の改善を求めているだけです。労働者派遣法では『適切な就業環境の維持』も努力義務とされています。失礼ながら関連法規へのご理解が充分ではないのでは？」

「余計なお世話だわ！　アンタの知ったこっちゃないでしょう？　アタシが無能だとでも言いたいの？」

「そんなことは言っておりません。しかしあなたのような派遣業務の責任者には、関連法規の知識があり、労務管理の経験のある人材を配置すべしと、これも労働者派遣法に規定されています。御社はいささかコンプライアンスに問題が……」

「御社って何よ？　派遣のくせに？　私が『弊社』とでもへり下れば満足なの？」

就活の悪夢が甦《よみがえ》る。私にお祈りメールをくれた会社では、どこでもこんなジジイに面接されたのだった。

「いや、しかしそう感情的になられては……私はただこの蛍光管を使って、みんなの作業効率を上げたいと言っているだけで」

作業場の全員が手を止めて、私たちの言い合いを注視している。これじゃまるで私がヒステリーのバカ女みたいではないか。

全身がカッと熱くなり……気がつくと、私は反射的にジジイから蛍光管を一本奪い取り、思いっきり床に叩きつけていた。

ぱりんっと割れるガラス管。散らばる破片。

やり過ぎた。でも仕方がない。空腹で血糖値が下がり、怒りをコントロールできなくなっている。

「掃除しときなさいよ。あんたが余計なことをしたせいだから。あんたたち派遣になんか、余計な電気一ワットだって使わせてやるもんですか！」

理不尽なことを言っているのは自分でも判っている。だが「弊社」の裏マニュアルにはちゃんと書いてあるのだ。派遣労働者はすぐつけあがる、絶対、甘い顔を見せてはいけないのだと。

ジジイは、だめだこりゃとでも言うように首を振り、掃除用具を取りに行った。

私は大声で派遣の連中全員に怒鳴った。

「あんたたち何ぼんやりしてるのよッ！　手が止まってるじゃない。明日の朝までにここにある黒猫のしっぽ、全部縫いつけなくちゃダメって判ってるんでしょうね？　最初に言ったでしょ？　一着に三十秒以上かけるのは許されないんだから。そうじゃないと赤字になるのよ！」

今夜の仕事は、ハロウィーン仮装グッズの作製だ。期日が迫っているので短期間に大量に作らないと間に合わない。日雇い派遣業務にはこういう季節商品の注文が多い。クリスマスケーキに正月用品にバレンタインチョコと、どれもイベント当日を一日でも過ぎれば二束三文になってしまうのだから、ウチのような人材派遣を使って安いコストで作らないと採算が合わない。いや、今夜ここで作る黒ネコ衣装も百均で売られるのだから、もともと二束三文なのだが。

黒ネコの衣装にしっぽを縫いつけるだけの単純作業を監督する。それが今夜の私の業務だ。手が遅いバカがいれば怒鳴りつけ、「しっぽ一本三十秒」の基準をクリアできている派遣がいれば猫撫で声で褒めそやす。こんな姿、絶対他人には見られたくない。特にトモヒコくんには。でも今、この雑居ビルの密室で一番偉いのは私だ。誰も私には逆らえない。それはちょっと気分がいい。トロい派遣を罵倒し人格まで否定してやると、なんだか自分が偉くなったような気分になって高揚する。

例のジジイは床を掃除し、作業に戻った。老眼をしばしばさせ、おぼつかない手つきで針と糸を扱っている。

そんな姿は、見ているだけでイライラする。

私は絶対あんな風にはならない。ムダに歳《とし》を取るのもイヤだし、負け組にも絶対落ちたくない。社会の高いところばかりを選んで、軽々と、踊るように歩き続けるつもりだ。

最終的にはトモヒコくんと結婚、湾岸のタワマンで自分への投資は惜しまず、いつまでも裕福に若く、美しくありつづけてやるのだ。

けれども……そんな私の夢想を破るように、携帯に緊急の指令が入った。

『本日のクライアントからの販売データが出ました。売り上げはカボチャが独走、黒ネコは伸び悩み、予測を大幅に下回る結果となっています。データをただちにフィードバックして黒ネコの生産は中止。派遣スタッフには現時点までの時給を払うように』

黒ネコ衣装の製作をウチに発注した百均は、「全商品」について、何がどれだけ売れたかをほぼリアルタイムで把握するシステムを構築している。ということは……別の作業所でオレンジ色のカボチャドレスに黒い三角のシールを貼り付ける作業が延長に入るのだろう。

大量に余ることになる黒ネコドレスの原価など、しっぽを縫いつける人件費に比べればゴミみたいなものだ。原材料費を惜しんで、派遣に無駄な時給を払うバカはいない。

　私はただちに手を叩いて大声を上げ、作業の終了を告知した。

「はーい、皆さん、突然ですが、今夜の作業はこれで打ち切りです。クライアントからの指令が出ました。現在の時刻が、午前二時三十六分なので……」

　手首を返して、カルティエのタンクフランセーズを見る。

「皆さんには昨夜午後十時から午前二時までの時給、四時間分を後日、振り込ませていただきます。ご苦労さまでした。気をつけてお帰りくださいねぇ」

　最後ぐらいは、と思って、できるかぎり愛想よく感じよく笑顔で宣言してやった。

　それなのに、またあのクソジジイが文句をつけてきたではないか。

「どういうことですか？　時給は当初の契約どおり午前四時までの、六時間分、支払っていただかないと困ります」

「はぁ？　困るってどういうこと？　意味判んないんですけど？」

　思いっきり目を剝《む》いて、上から目線で見下してやった。

「帰っていいって私が言ってるのよ？　早く仕事が終わったんだから、何も文句なんかないでしょう？　それだけ家に早く帰れるのよ」

「いやそれは違う。私らは午後十時から翌朝四時までの、六時間拘束という条件で契約している。それを雇用側の都合で一方的に変更するのは労働契約法違反だ。約束どおり六時間分の時給が支払われるべきだ」

「だってあんたたち四時間しか働いてないじゃない！」

「失礼だが、あなたは労働法の基本すら御存知ないようだ。先ほども申し上げたように派遣会社には関連法規について一定の知識のある人間を現場に配置する義務があるはずだが」

駅からここまで全員歩いてきているので往復に一時間、さらに作業開始一時間前に集合させられたが、その二時間分の時給もなく、しかも三十六分超過は切り捨てるということですか、などとジジイは細かくチェックを入れてくる。

「さらにこんな時間に終業と言われても、始発の電車が出るまでに二時間以上もある。家に早く帰れるというあなたの主張はおかしい。しかもわたしらは寝ていないから、今日はほかの仕事を入れることもできない。つまり一日拘束と同じことなのですよ。やはり最初の契約どおり……」

「うるさいわね！　黙りなさいよ。派遣のくせに、生意気なのよ！」

「言葉に気をつけていただきたい。派遣労働者は奴隷ではありませんぞ！」

面倒なことになった。

このジジイさえいなければ愛車のワーゲンゴルフに乗ってさっさと家に帰れるのに。

「奴隷ではない？　ハッ！　同じことでしょ。あんたたちになんか何の権利もないし、イヤならやめればいいのよ。黙ってよ。いいから帰りなさいよ！」

何としても黙らせなければならなかった。トラブルがあると私の査定に影響する。

「黙れって言ってんのが判んないの？　このクソジジイ！」

ヤバい。今晩二度目だ。さすがに心の奥で警告音が鳴ったが、怒りが収まらない。トモヒコくんとの「勝負デート」に向けて先週から始めた過酷なダイエットに加えて、手取りが下がり続けているストレスを、私は全部このジジイにぶつけていた。

この仕事に登録した派遣のスタッフ全員が固まり、またしても私とジジイを見ている。

引き攣った笑顔で全員に帰るように言うとジジイが叫んだ。

「待て。みんな待ってくれ！　あんたらは四時間分の時給でいいのか？　こんな理不尽を許すつもりなのか！」

だが誰ひとり、ジジイに応える者はいない。全員が怯えたように目をそらし、逃げるようにそそくさと作業場から出て行ってしまった。

当たり前だ。私はホッとした。私たち派遣会社の立場は圧倒的に強い。奴隷同然のこいつらにもそれは判っている。下手に反抗してブラックリストに載り、仕事の紹介メールが来なくなることを何よりも怖れている筈《はず》だ。

ジジイに同調する者がいなくてとりあえず良かった。これでトラブルになっていたら、また私の査定が下がる。転職当初に二千万を提示された年収はトラブルのたびに下がっていて、今度こそ一千万円を切ってしまう。それだけは耐えられない。絶対に。

一人取り残され、呆然としているジジイに私は言ってやった。

「これで判ったでしょ。誰もアンタについて来ないって。これからはせいぜい分を弁えることね。はい、これ、お餞別《せんべつ》。私のポケットマネーよ」

エルメスの長財布から一万円を取り出して、ジジイに投げつけてやった。

ウチはどの仕事でも登録スタッフには最低賃金に毛の生えたくらいの時給しか出していない。諭吉《ゆきち》一枚ならほぼ十時間分に相当する。エラそうなことを言っても金には転ぶだろう。だが。

「見損なわないでいただきたい。あなたには理解できないだろうが、どんな人間にも人権がある。また人間としての尊厳を奪うことは、いかなる企業にも許されない。それが労務管理の基本であるべきだ」

ひらひらと足元に落ちた一万円札を拾いもせず、ジジイは出ていってしまった。

アイツ、アタマおかしいんじゃないの？

私は内心爆笑しつつ札を拾い上げ、ワーゲンゴルフのキーを取り出した。

＊

「今日のあや子スペシャルはカラアゲだよ！　ひと手間くわえてあるから食べてねえ！」

フェロモンむんむんのあや子さんが、満面の笑みとともに皿を運んで来た。彼女はわが「ブラックフィールド探偵社」社長・黒田の愛人で、毎日のように事務所に顔を出してはなにかと雑用をしてくれる。事務所の実質上のヌシであるじゅん子さんには有り難迷惑な存在らしいが、おれには眼福だ。なんせ冬でも薄着で、その魅惑の曲線美を惜しげもなく披露してくれるし、フェロモンもシャワーのように浴びせてくれる。

ただ……グラマーで完璧な肉体美を誇るあや子さんにも重大な欠陥がある。味覚だ。しかも自覚がない。さらに悪いことに最近凝っているのが「料理」だ。しかし誰も、彼女にそれが言えない。

「知ってた？　タンパク質にはフルーツが合うんですって～」

「そうですね。果物に含まれる酵素がタンパク質を分解しますから。酢豚にパイナップルとか、北京ダックにプラムソースとか、鴨《かも》のオレンジソースとか」

如才なくて物知りなじゅん子さんが、すかさずコメントした。

「じゅん子はホンマに何でも知っとるんやな。おかげでアダルトグッズのええアイデアを思いついた。ローションをフルーツ味にすると、ゴックンと飲み干すのにも抵抗がなくなるデ。一石二鳥とちゃうか？」

黒田社長は相変わらず下品だ。何をゴックンするんすかと訊いて欲しそうだが、意地でも訊いてやらない。

「何って決まっとるがな、タンパク質や」

誰も訊かないので黒田が勝手に言う。予想どおりのベタなギャグにおれはゲンナリした。

かくいうおれ、飯倉良一は、この探偵社で、いわば借金のカタに働かされている。

そろそろ「見習い」が外れかけ、ではあるけれど。

「さ、遠慮しないで召し上がれ！」

そこで黒田は、「あ、ちょっと用事思い出したわ。飯倉、あや子の心づくしの手料理、わしの代わりに食べたってな」と言ってコートを取って外出しようとした。しかし。

「社長！　今日はこれからお客さんが見えるんですよ。外出禁止です！」

じゅん子さんにピシャリと言われてしまったので、観念した顔でソファに座り直した。

イチゴ柄のエプロンをしたあや子さんは、ドヤ顔だ。

「そう。その鴨にオレンジソースからヒントを得て、カラアゲにひと手間加えてみたんだ」

青い旗がラベルに描かれたジャムの壜《びん》を、あや子さんは得意げに取り出して見せた。カラアゲが冷たそうなところをみると「ひと手間」は本当にひと手間らしい。

マーマレードジャムがぶちまけられた市販のお総菜をおれは呆然と眺めた。

「冷たそうっすよ。きっと固いっすよ」

事務所のキッチンにはリサイクルショップで手に入れた電子レンジがあるのだが

……。

「ごめんねえ。特製ソースかけちゃったから。温めるとせっかくの味が変わっちゃうし」

マーマレードジャムのどこが「せっかくの」味なんだ！

みんなに見つめられて、おれは仕方なく、マーマレードまみれの唐揚げを一つ、ぎゅっと目をつぶって口に入れた。

すると……意外にもさほどひどくはない。むしろ妙味というか……複雑な味がした。

「あれ？　なんかの間違いかもしれないけど……美味《うま》いっす。いやこれ……マーマレードだけじゃなくて……隠し味？」

「あれ？　そうだっけ？」

あや子さんも一口食べて、首を傾げた。

「マーマレードの味しかしないよ？」

二人して首を傾げているのに興味が湧いたのか、社長がおそるおそる手を伸ばした。

「わしは若い頃、吉兆《きっちょう》と千房《ちぼう》とづぼらやで板前修業したことあるんや！　せやからわしの舌は誤魔化されんで」

一口食べて、うんうんと上機嫌で頷く。

「これはやな、マーマレードに醤油《しょうゆ》とゴマ油が混入しとる。せやから妙に美味いんや」

どうせあや子さんが、汚れたままの計量スプーンでマーマレードを瓶から掻《か》き出したのだろう。そこで一難去ってまた一難。

「今日はもう一品作ったんだ。凄いでしょう？　段取りよくなったって自分でも思うもの」

目の前に出されたものは、どこから見ても普通のホワイトシチューだ。けれどもおれは見て知っている。さっきあや子さんが買ってきたコンビニ袋の中にレトルトのシチューが五つくらいあったのだ。完成品にナニをした？

「これも『ひと手間』ってやつっすか？」

「あ？　バレてた？」

あや子さんはちょっときまり悪そうに笑って舌を出した。「てへぺろ」と今にも自分で言いそうだ。

「でもお料理って、そのひと手間かける気持ちが大事なんだよ。それにあたし、時間ないから野菜や肉切るところからやってられないし。黒ちゃんのためにほら、自分磨きもしとかないとだし」

たしかにあや子さんのボディとエロさと美貌を保つのには時間がかかるだろう。

「とにかく食べてみてよ飯倉くん」

ここでもチャレンジャーはおれしかいない。

さっきのトリカラの成功で、おれは油断していた。

湯気の立った、一見美味しそうに見えるシチューをスプーンで口に運んだ……瞬間、おれは石化した。油断していた分、衝撃が大きいのはオバケ屋敷と同じだ。

「何すかこれ！　白いお汁粉っスか!?」

口の中に広がる凶悪な甘さ。これはもしかして……。

「あー判っちゃった？　隠し味」

「ホワイトチョコっすよね？　あの、伝説の」

それは一組の夫婦を離婚に追い込み、ネットでは今なお多くの人に語り継がれている、伝説の隠し味だった。

「伝説のレシピって言われてるから、ぜひ再現してみようって。再現するからにはもっと美味しくしようと思って、ネットに書いてある倍、入れてみたんだ。ホワイトチョコ。飯倉くん、口に合わなかった？」

なぜ「伝説」とまで言われているのか、あや子さんはまるで知らないのだろう。一口しか食べていないのに、甘すぎて舌が痺《しび》れそうだ。目の前に座ったあや子さんはおれの前から皿を引き寄せ、首を傾げながら……なんと平気で食べているではないか。

「美味しいじゃん！　黒ちゃん、おひとつどうどす？」

あや子さんはスプーンを黒田社長の口の中に突っ込もうとした。黒田は恐怖で全身を強ばらせている。

「だめっすよ！　社長！　血糖値がヤバイ」

おれは咄嗟《とっさ》にスプーンを奪いとり、ゲロ甘のシチューから社長を守った。

あや子さんには甘い黒田のことだ。一口でも食べれば「美味い」と言うだろうし、そうすれば完食するしかなくなる。どんなひどい人間でも、そんな目に遭うのは人道上許されない、そう思ってしまったのだ。

「あらあ。美味しいからもっと食べたいって、正直に言えばいいのに。飯倉くんって、恥ずかしがり屋さんなんだからっ！」

反応に窮したその時、ドアがノックされた。

「あ、お客さんです！」

まさに地獄で仏。じゅん子さんが明るく希望に満ちた声を発した。

「飯倉。お前の自己犠牲は忘れへんで。わしの記憶力はニワトリ並みやけどな」

そう囁きつつ、社長自らドアを開けると、上品な身なりの老紳士が一礼して入ってきた。

「桜井《さくらい》と申します。桜井伴蔵《ともぞう》です。宜《よろ》しくお願い致します」

応接セットのソファに座った老紳士が差し出した名刺には、一流商社の社名と「労務管理部・嘱託」という肩書きが記されている。

「五井《いつい》物産を常務取締役で定年退職致しましたが、労務管理畑一筋に勤め上げた実績を買われ、今は非常勤で週三日出勤しております」

依頼したいのは、と言葉を継いだ桜井伴蔵の目には、にわかに怒りの炎が燃えた。

「息子の婚約者の化けの皮を、是非とも剝がしてほしいのです！」

伴蔵の説明によれば、一人息子がある女性をぜひ引き合わせたいと言ってきたのだという。

「初めてのことです。これは本気だと思いました。過保護だと笑われるでしょうが……」

心配なのでどんな女性か調べることにした。

「人材派遣会社の優秀な総合職だと息子が言うので、その会社に私自身がひそかに登録してみたのです。いえ大丈夫です。名前と携帯番号、メールアドレスと給与の振込口座だけで登録できるので、バレることはありませんでした」

よく判らないが、一流企業の元役員でもその気になれば派遣登録ができるのだろう。

「ところが……驚きましたよ。息子の相手はもうなんというか……常識ではあり得ないような、それはそれはひどい女だったのです！」

ものすごくエロい女？　それともヤリマンとか？　おれが思いつくのはビッチ系だが、どうやらそうではないらしい。

「社会人としての常識が甚だしく欠如している。何よりも言葉遣いがひどい。礼儀も常識も一切ない暴言を吐くのです。自分の父親のような年齢の、この私にですよ？　あんな女に息子が恋愛感情を抱き、結婚を約束したのかと思うと情けなくて目の前が真っ暗です！」

なるほど、と黒田は腕組みをして深く考えている顔をしてみせた。しかしその実、全く何も考えていないことをおれは知っている。

「化けの皮を剝がしてほしいと言われるけど、お父さん、あんたが息子さんに直接、あの女はアカン、あれだけはやめときと言うたら済むこととちゃいますか？」

黒田は普通の男としての正論を吐いた。

「いや、ウチではそれは出来ないのです。と言うのは、ウチはリベラルな家庭で、進学でも就職でも、息子に私の意見を押し付けたことは一度もありません。息子があくまでも自分で考え、自分で納得して選択して自分で人生を摑んできたのです。結婚も同じく、自分の意志で決める必要があるのです。ですので、あくまでも私の意向を悟られずに、息子にあの女の真の姿を暴いてやってほしいのです」

両親と優秀な姉貴からいつもああしろこうしろ、だからお前はダメなんだ、と罵られて育ってきたおれとしては、こんな家庭もあったのかと驚くばかりだ。

リベラルっちゅうのんも不自由なもんやな、と黒田の心の声が聞こえたような気がするが、もちろん社長はこの仕事を受けた。

「いやお父さんとしては当然のお気持ちですな。承知致しました。我が探偵事務所が責任を持ってそのクソ女の真の姿を暴いて差し上げましょう！」

黒田は大きく頷いて見せた。

「あの、それと……」

伴蔵はちょっと恥ずかしそうに付け加えた。

「同じ派遣に登録していたお嬢さんの連絡先も調べていただければ。広瀬《ひろせ》さんという、非常に優しい、気配りのできる女性です」

よろしおま、と黒田は分厚い胸を叩いた。

「人探しも化けの皮もお任せください。この優秀な男が全て解決いたしますよって」

背中を叩かれた。背骨が折れそうだ。

おれは派遣社員として「ニコニコふれあいヒューマンエージェンシー」（通称・ニコふれヒュー）に登録した。

早速派遣されたのは、あるイベントだ。

「華やかなイベントでお客様を誘導する簡単なお仕事です」以外に事前の説明は一切無い。

会場は北千住《きたせんじゅ》の商業施設の特設ホールで、イベントは「地下アイドルの握手会」だった。

SENJU1010って……そんなアイドル、おれはまるで知らないが、「地下アイドル界」ではそこそこ知られた存在らしい。メンバーは公称一〇一〇人、うちライブに出られるのは選抜十人だけの「下克上激戦地下アイドル」なのだそうだ。

握手会は、ファンが物販で買ったグッズのポイント合計で地下アイドルとの握手と会話の時間が決められるというルールらしい。しかしイベントの詳細さえ知らされていない上に事前の研修もリハもなく、現場で渡されたＡ４一枚のマニュアルには、どう考えても全てが書かれていない。グッズが多岐にわたる上に、ポイントの加算システム自体が複雑怪奇で例外規定も多く、計算は困難を極める、というより、おれの頭では理解出来ない。

「はいアナタはポイント集計班ね。ＣＤ一枚十ポイントだけどベスト盤は五ポイントね。ＤＶＤは二十ポイントだけど海外ロケ盤は五十ポイント。写真集は五冊まとめてだと百ポイントだけどグループ全体のが混じると二十五ポイント減ね。それはＣＤもＤＶＤも同じよ。個人モノは高いけどグループモノはポイント引くのよ！　二千五百ポイントで五秒の握手、三万四千ポイントでハグ五秒。これ業界的に凄く良心的なんだからそのへんを強調してよ！　ぱぱぱっと計算してさっさと判定しないと、列が進まなくて会場が殺気立つからね！　ヨロシク頼むわよ！」

生意気で鼻《はな》っ柱《ぱし》が強そうな女が高飛車に言った。コイツが伴蔵さんの言っていた派遣会社の無礼千万な監督責任者・三原さゆみか。

あたふたしていると、会場のゲートが開いて、オタクなファンたちがどどっと雪崩《なだ》れ込んできた。みんな手に手にCDやDVD、写真集を掲げてポイント換算を求めてくる。なんだか時代劇に出て来る「お上に直訴する飢えた農民」みたいだ。

「はい皆さん並んでください！　今から計算しますから！　すいません！　押さないで！」

しかし、おれは冒頭の三分で交代させられてしまった。複雑な計算がまったく出来ず、「馬鹿かお前、足し算も出来ないのかよ！」とファンに罵倒されたが、ポイント換算のルールが把握できないんだから話にならない。

「何やってるのよ！　ブックオフで買った分はポイントゼロ！　そんなの常識でしょ！」

いきなり怒鳴られ、激昂したさゆみに頬を引っぱたかれた。

「もういい。判った。アンタみたいなバカのせいで行列が凄いから、アンタ、自分の責任で誘導とかやって！」

やって！　といきなり言われても……。

おれがキョドっていると客の一人が教えてくれた。「あのな、アイドルごとにファンを分けて並ばせればいいんだよ！」

親切な人がいて助かった。言われるままに「誘導」を始めたが、階段までえんえん長く伸びた行列のどこにも、この列はどの地下アイドル、という表示も案内も何も出ていない。

「ハルミたんの列はここ？　黒髪で貧乳の」

さっきポスターを見たが、みんな黒髪で貧乳だったので、おれは元気よく「ハイ！」と答えた。しかし三列になった行列が階段を塞いで、他の一般客の迷惑になっている。

「何やってるんだ！　きちんと誘導整理してくれよ！」

このショッピングビルの他のテナントの店員さんに叱られた。おれは何も判らないままに、とにかく列をなるべく端に寄せ「間を空けずに前に進んでください！」と叫ぶだけだ。

だが。

血相を変えたオタクたちが数人、階段を駆け下りてきておれの胸ぐらを摑んだ。

「バカ野郎！　お前のせいで間違った列に並んでしまったじゃないか！　返せ！　ハルミたんとおれとの時間を返せ！」

「なんでおれがヨシミなんかの列に並ばないといけないんだ？　死ねよこのカ

ス！」

　いきなり怒鳴られ詰め寄られ、連中が持っていたカメラや三脚で、おれはタコ殴りにされた。一瞬目の前が暗くなってふらついたが、何とか階段からは落ちずに踏ん張った。

「けどこの列の先で、代わってもらえば……」

「この三列の中ならな。けど、そもそもおれのハルミたんの列は、このビルの反対側の、非常階段の列だったんだよ！」

「すいません。けど、お客様が黒髪ストレートで貧乳のコだって言われたので」

「はぁ？　死ねよ！　クルミはたしかに黒髪ストレートだが、おれらはAカップのアイドルを『貧乳』とは言わないんだよ！　なんにも知らないこの無知野郎！　そんな程度の知識でよくこの仕事やってられるな？　おれらから搾り取ったカネでいい給料取りやがって」

　違います、おれらはただの日雇い派遣で、時給も最低賃金に毛の生えた程度にまでピンハネされててと言いたいが、激昂《げっこう》している相手は聞く耳を持たない。

　階段の上の方で別の騒ぎが起きた。女の子の悲鳴も聞こえてきた。

　階段を駆け上がると、おれと同じ誘導役の派遣スタッフが一人の男に絡まれている。

「何をしてるんですかっ！」

思わずおれは声を荒げた。

「うるせえよ。この子が可愛いから写真撮らせてくれって言っただけだよ」

「普通に写真だけなら……でも、困るんです。スカートの中とかは」

色白で小柄な派遣スタッフはスカートを押さえ、泣きそうになっている。

「いいじゃねえか。減るもんじゃなし。だいたい客をこれだけ待たせていいと思ってんのか？　パンチラ画像は待たせ賃だ！」

「駄目っすよお客さん！　それは盗撮だから」

「じゃあこれならいいのか？」

男が女性スタッフの巨乳をむんずと摑んだ。

「いやぁっ！」

彼女は壁際に追い詰められ、泣き出した。ひどい話だがおれ自身、その光景に劣情を刺激されてしまった。彼女はハッキリ言って、どの地下アイドルよりかわいい。

ピンクのセーターに包まれた巨乳も、あや子さん級だ。

揉めていると監督のさゆみが飛んできた。

「何してるのよ？　お客様に失礼でしょ！」

「けど……セクハラはいくら何でも」

「いいのよ。こんな尻軽のメスネコのカラダなんて、いくらでも触らせてやったらいいの」

おれは目眩がした。どういう意味なんだ？

「その女はね、どこの現場でもトラブル起こすの。それもいつも男がらみで」

「それはこの人が気が弱くて断れないだけで」

「何よあんた私に逆らう気？　派遣の分際で」

この女はどうやら、ひとたび怒ると自分をコントロールできなくなるらしい。

さゆみはキレた。客の前なのに。罵倒するだけではなく手も出してきた。さっきは頬をぶたれたが、今度はヒールの先で思い切り向こうずねを蹴られた。さらに分厚いバインダーが後頭部を直撃する。さっきカメラのボディで殴られたところにクリーンヒットして目から星が飛んだ。おれは堪《たま》らず崩れ落ちて、階段をごろんごろんと転がり落ちた。

「うわ！　階段落ちだ！」

イベントのアトラクションと勘違いした客からは拍手が沸いたが、おれはもう、半分意識朦朧《もうろう》となって、立ち上がれない。

「オラオラ、早く立ち上がって働けっつの！　この底辺負け組がっ！」

駆け下りてきたさゆみが腹部を蹴り上げる。

身体に衝撃を受けるたびに、意識が遠のいていく。おれはこのまま ここで死ぬのだろうか？　公衆の面前でリンチ同然の暴行を受けながら、誰も助けてはくれず……。

身体の損傷以上に、折れてしまった心からくるメンタルなダメージが大きい。

小学校時代の夏休み明けを思い出していた。高熱を発したのだが、家族全員に仮病認定され、父も母も姉も、誰一人心配してはくれなかった。宿題も自由研究も、全然やっていなかったから仕方なかったとはいえ、熱が出たのは本当だったのに……。

「どうしたんです？　急病人ですか？」

このイベントの主催会社の社員が慌てて駆けつけてきて、さゆみの蹴りは止まった。

おれは会場ホールの脇にある倉庫のような場所に連れて行かれた。

「ちょっと休んで……それでも調子が悪ければ、病院に連れて行ってもらってください」

イベント会社の社員はそう言ってくれたが、イベントの本番が始まったので立ち去り、入れ替わりにさゆみが顔を出した。

「病院に行きたい？　はぁ？　寝言は寝て言ってよ。あんた、どうせウチから労災を詐欺ろうってハラでしょ。勝手に階段落ちしてウケ狙って、何やってるのよ。バカバカしい！」

言いたいことを言うと、行ってしまった。

ニコふれヒューの派遣スタッフも、さゆみの怒りを恐れたのだろう、誰一人様子を見にこない。依頼者・桜井伴蔵の言った通りの、この世のものとも思えぬひどい派遣会社だ……。

夏休みの悪夢の思い出に加えて、大学の新歓コンパで一気飲みをさせられ、急性アルコール中毒で死にかけたのに放置された戦慄の記憶も蘇った。ますます気分が悪くなって、本当に死んでしまいそうな気がしてきた、その時。

濡れタオルが額に当てられた。

「大丈夫ですか？　あたしを庇《かば》ってくれたばっかりに……本当にごめんなさい」

優しくて耳に心地《ここち》よい、なんともいえず癒されるその声は、さっきの女性スタッフのものだった。

「あたし、真菜《まな》。広瀬真菜と言います。あたしには何もできないけれど……でも、こうしてあげることなら……」

彼女・真菜さんは、ふくよかな胸におれを抱きしめてくれた。

「あたしがハグすると癒されるっていろいろな人に言われるので……少しは楽になるかも」

確かに深いやすらぎを感じる。良い香りもしてなんだか本当に癒されてきたような……。

「……あたしがこうしてあげると、どんなお薬より効くって必ず言われるの」

意味がよく判らないことを言いながら、ピンクのセーターの真菜さんは、おれの手をとって自分のバストに当てた。

ふっくらした巨乳の先端で、乳首が硬くなっているのが、薄いブラ越しにもハッキリ判った。心なしか、彼女の息づかいも荒くなっているような……。

「ただ、お礼をしたいだけなんです……」

添い寝すると躰を密着させてきた。

この倉庫はイベント会場のすぐ隣なので、握手会のざわめきが聞こえる。

「大丈夫なの？　仕事の途中なのに」

「あたしがいるとトラブルが起きるから、もう帰ってもいいって。罰金とかは取られないみたいなので、ホントに良かった」

「今日の分のお給料はもらえるの？」

　真菜さんはびっくりしたようにおれを見た。

「もちろんもらえないと思うけど、それは仕方ないから……」

　どうしてそんなに気弱なんだ！　と、おれは歯痒《はがゆ》くなった。いや、昔のおれなら彼女と同じく、あっさり諦めただろう。何の知識もなくて、世の中のことを知らなすぎたから。勤め先のブラック企業でサーバを飛ばしたからと賠償金を払わされたが、今はそれが違法だと知っている。ブラックフィールド探偵社に駆け込んだ時、じゅん子さんに「そんなものを払うなんて、あんたバカ？」と言われたからだ。伴蔵さんなら「賃金の全額支払いを定めた労働基準法第二十四条違反」と言うだろう。

　でも、そんなことよりも……おれは、真菜さんと、なるようになってしまった。

　今にも誰かがこの倉庫に様子を見にくるのではないかと気が気ではなかったのだが、それが逆にスパイスになった。

　おれを介抱するうちに真菜さんもその気になったようだ。柔らかい、ひらひらした舌が、そっと口の中に入ってくると、もう駄目だ。

おれも積極的に愛撫《あいぶ》を返しているうちに、さゆみに見つかっても構わない、矢でも鉄砲でも持ってこい！　という壮大な気分になった。現金なもので、頭を殴られた痛みも気分の悪さも、どこかに飛んで行ってしまった。

一気におれの肉棒は痛いほどに硬くなった。

夢中になってピンクのセーターをまくりあげたが、拒まれない。ブラをはずすと華奢で細い躰にしては、大きめの乳房がまろび出た。

思わず手を伸ばしてその双丘に触れて、先端を摘まみ上げると、彼女は肩を揺らして頬を染めた。やっぱり、嫌がらない。

スカートの中に手を伸ばし、ショーツの中に指先を滑り込ませると……そこは熱くなっていて、指を動かすと、彼女の腰は妖しく、悶えるように揺れた。まるで、貫かれたい、とでも訴えるかのように、切なげに……。

真菜さんが素早くショーツを脱いだ。

こうなるともう、中断するのは無理だ。

おれは真菜さんにのしかかり、いきり立ったモノを両脚のあいだに押し当てた。

「ああ……」

おれの先端が、真菜さんの秘肉に包まれた。ぐっしょりと濡れて、柔らかく熱い肉襞《にくひだ》が、ぐいぐいとおれのモノを締めつけてくる。負けじと突き進み、果肉を押し返す。

本能の命ずるままに腰を突き上げると、真菜さんもそれに敏感に反応した。

「ああ……いい気持ち……もっと奥まで……」

頬にいっそう赤みがさしている。濡れた瞳で真菜さんはおれに求めた。腕がおれの背中にまわされ、真菜さんの両脚がおれの腰にしっかりと絡んでいる。おれのことが好きなのか、それともこういうことが好きなのか判らないが、それはもうどうでもいい。

おれは真菜さんの巨乳に顔をうずめ、紅《あか》くとがった可愛い乳首をかわるがわる吸った。同時に夢中で腰を遣った。

だが何とも言えない甘美さと幸福の絶頂は、あっという間に終わりを迎えた。情けない話だが、五往復もしないあいだに、おれは果ててしまったのだ。柔らかいのに、まるで小さな手が中に入っているかのように、やわやわと締めつけてくる真菜さんのあそこ。そしてあどけなくて可愛すぎる、あの時の顔。

経験値の少ないおれでなくても、これではひとたまりもない……残念だが、そう自分に言い聞かせるしかなかった。

コトを済ませると、一気に現実が襲いかかってきた。あの鬼女……さゆみに見つかる前にここを脱出しなければ。

真菜さんとおれは一緒に会場を後にした。けれどもその時にはもう、彼女と真剣に付き合いたい、と強く願うようになっていた。

「あの……また会ってもらえないっすか？　お礼をしたいんで。看病してもらったことの」

勇気を奮い起こし、真菜さんをデートに誘った。

「食事でも。どこか行きたい店はないっすか？」

そう訊ねると、彼女は「笑民《わらたみ》なら……」と、業界で一、二を争う安い居酒屋を指定した。

「その子、ちょっと問題あるかもよ」

探偵社に帰って今日の報告をしたついでに休みが欲しいと切り出してみた。

デートがしたいのだと理由を言うと、社長やじゅん子さんは喜んでくれたのに、あや子さんだけは首を傾げた。

「安い店をわざわざ指定してくるのは、そのコの自己評価があまり高くないってことだから。自己評価の低いコは、色々問題あるよ」

だが、恋に落ちて舞い上がっているおれには、あや子さんの言っている意味が判らない。

あや子さんがおれに嫉妬している？　などと見当違いのことを考えてニヤニヤしていたおれは後から考えるとバカだった。

「まあいちおうアドバイスしとくとね」

あや子さんはデートの秘訣《ひけつ》を披露した。

「どうしてもキメたいデートだったら、やっぱそれなりの店にしなきゃ。高い店なら不愉快な目に遭わされる確率も減るんだから。ケチっちゃだめだよ！」

どこに行っても存在感なく扱われ、牛丼店でさえ、店員に忘れられてしまうことのあるおれとしては素直にアドバイスに従うことにして、あや子さんお薦めの「女の子を喜ばせるならこの店！」というレストランを予約した。

＊

半身浴を済ませ、ふだんならうっとりするような香りのボディーローション（ひと壜一万二千円税別）を全身に擦り込んでいるのに、私の気持ちは晴れない。手にとるローションの分量が知らず知らずのうちに減っていることに気がついて、自分に腹を立てた。

この私が化粧品の分量をケチるなんて！　思わずカッとなって大量にぶちまけると、手のひらからあふれたローションが真っ白だったラグにこぼれ、ますます腹が立った。

ラグの長い毛足のあいだには髪の毛などのゴミが目立っている。仕方がないじゃない！　忙しくて掃除するヒマがないんだから。

お給料が下がってきている。転職した当時はいきなり手取り二千万になって驚喜したが、その金額が可能にしたライフスタイルにもすぐ慣れた。化粧品・エステ・ジム。服にも靴にも好きなだけお金をかけられた。

でも最近、仕事でトラブルが多くて査定が下がってきている。高給の営業職で成績を上げられず、現場の監督に回されたのも痛かった。今はもう、転職前とあまり変わらない。

なにもかもあのジジイのせいよ！　一週間前、身の程知らずにも自分に口答えしてきた老人を思い出して私は唇を噛んだ。こんなにイライラするのはあいつのせいだ。絶対に。

部屋のクリーニングサービスをケチっても、ボディローションのレベルは下げられない。

「女は自分への投資を惜しんではダメ」。ツイッターでフォローしている、カリスマアカウントのツイートが頭に浮かぶ。「若くて綺麗なうちに、そのリソースを最大限に生かして、一生安泰な生活を手に入れるのよ！」

それには明日の勝負デートを、何としても成功させなければ。

三か月前に知り合った彼、トモヒコは、いかにも育ちが良さそうなところが魅力だった。

実家は山手線の内側の一戸建て、父親が一部上場企業の役員だったことも、すでに聞き出してある。トモヒコの勤務先である一流商社の生涯年収もネットでチェック済みだ。これ以上のターゲットはいない。最高の獲物だ。一人っ子なのがネックだが、親は介護施設に入れてしまえば良いんだし。

知り合って三か月。本当に苦労してきた。今は仕事が一番面白いと言うトモヒコには、仕事を理由に何度もデートをキャンセルされた。それでも諦めずに辛抱強くランチに誘い、共通の話題を探した。

美味しいランチにも、目の前の私にもあまり興味がないらしく、退屈そうだったトモヒコの表情が動いたのは、私の年収を話した時だった。

「二千万円？　へえ……さゆみさんって仕事が出来る人なんだね。ぼくは努力している人はリスペクトするよ。それが男性でも、女性でも」

親父《おやじ》がそういう人なんだ。父親としてだけではなく、社会人としても尊敬している、とトモヒコは言った。

そこからうまく話を展開させて、そんな立派なお父さんを安心させるためにも早く結婚して、社会人として一人前にならなきゃ、と暗示をかけることに成功した。あなたと私の年収を合わせれば、やがて生まれる子供たちにどんな教育でも与えられる、アメリカ留学も大丈夫、と。

そしてようやく結婚の約束を取りつけ、尊敬しているというお父様にも引き合わせてもらえる運びになったのだ。だから明日のデートはとても大切だ。

それなのに……ボディマッサージを終え、鏡を見た私は愕然《がくぜん》とした。

顎に大きな吹き出物が出来ている！

これはやっぱり、一週間前に私に口答えした、あの派遣のジジイのせいだ。ジジイが私にストレスを与えたからだ。ジジイだけではない。派遣のゴミが使えないからだ。管理者として怒鳴り散らしていると口角が下がり、目つきまでがすっかり悪くなってしまった。

私は鏡に向かって無理に笑い、唇の両端が思いっきり上がるようにした。

この不自然な笑顔は……櫻井《さくらい》よしこ？　それともジョーカー？

そんな内心のツッコミは無視した。そして携帯を取り上げ、明日の午前中の予約を入れた。吹き出物を緊急にケアしてくれる、高額のエステだ……。

＊

山手線の恵比寿《えびす》駅にほど近いその店は、あや子さん一推しのデートスポットだ。海底をイメージした店内はほの暗く、大きな水槽が幾つも配置されて熱帯魚が泳いでいる。

予約をした段階から、おれは気後れしていた。だってこんな店、今までまったく縁がなかったのだ。お洒落に食事をして雰囲気を盛り上げて、告白にまで持ち込めるようなレストランなんて……。

イケメンのウェイターさんがインカムで受け答えしつつ、おれたちを誘導してくれる。グラスが煌《きら》めくカウンターバー。ゴールドに内側から輝く柱。横倒しになった紅いボトルをたくさん透かして、床自体が発光する照明……何もかもがお洒落で圧倒される。

ユニクロと古着屋をフル活用して、あや子さんに見立ててもらった恰好で、おれは出陣するような気分で真菜さんと待ち合わせたのだ。

「ねえ……こんな高そうなお店で大丈夫？」

真菜さんはおれの懐具合を心配してくれた。ああ、なんて心根の優しい女性なんだろう！

「暗いし、段差があるから気をつけてね」

エスコートする男として足元に気を遣い、予約の際に指定した水槽のそばの席に着いた。

「なんでも注文してね。お酒も、ワインでもカクテルでも……」

そう言いながら、なぜかまとわりついてくる視線を感じて振り向くと……。

別のテーブルにいた女が、おれを睨み付けていた。

その女が三原さゆみだと判った瞬間、心臓が口から飛び出しそうになった。

さゆみは同じテーブルの男ににこやかに話しかけると席を立ち、おれたちのテーブルにずんずんと向かってきた。

「なによアンタたち。アンタたちみたいな底辺がどうしてこの店にいるのよ？　目障りなのよ。今すぐ帰りなさいよ」

にこにこと談笑しているような表情と身振りで、小声で言った。だが、その言葉は脅しそのものだ。ドスの利いた口調が怖ろしい。

「そんなこと言われても……おれたち来たばかりで」

「どうせ一番安いコースでしょ。ほら、ここに二万円あるわ。おつりが来る筈。ここを出て、どこかアンタたちにふさわしい店で、ラーメンか牛丼か何か食べなさいよ。それが底辺にはお似合いよ」

「あの……おたくにそんなこと命令する権利ないっしょ！」

おれは、必死の勇気をふりしぼって抗議した。だけど真菜さんは諦めきった様子だ。おれの腕に手をかけ、小声で気弱げに囁いた。

「ねえ飯倉くん、やっぱりここは出ようよ。ニコふれヒューの登録取り消されたらあたし」

「そうよ。この尻軽バカ女の言うとおりよ。アンタたちの登録抹消して、二度とウチで働かせないことなんか簡単なんだからね。ウチで駄目だったら業界どっこも駄目だから」

さゆみは勝ち誇った表情で言い放った。

「どういう意味なんすか？」

「ウチぐらいハードル低いところはないって意味に決まってるでしょ。それだけじゃなくて横のネットワークもあるのよ。業界全社に回状まわして、アンタたち二人とも、二度と仕事できないようにしてやるからね！」

「お待ちなさい。それは法律違反ですぞ」

突然、聞き覚えのある声がした。声の主はおれたちに潜入調査を依頼した、桜井伴蔵さんその人だった。なぜ彼がここに？

いかにも一流ビジネスマンという姿の伴蔵さんを見て、すぐには誰か判らなかった様子のさゆみだが、すぐに態勢を立て直した。

「な……なによ。こないだのクソジジイじゃないのよ。この店はいつ派遣奴隷が来る店に成り下がったのよ？」

その顔は、さながら夜叉《やしゃ》だった。

「とにかくアンタたちは邪魔なの。今夜は私にとって、とっても大事な会食なの。

婚約者のお父様との顔合わせなの。そんな大事な夜をアンタたちみたいな奴隷同然のゴミに邪魔されたくないの。まったく！　同じ空気を吸うのも腹立たしいわ。この負け組が！　ジジイにニートに尻軽のメスネコの底辺軍団が！」

「あの……たしかにおれはニートと言われても仕方ないっすけど、真菜さんを尻軽のメスネコ呼ばわりするって、どういう意味っすか？　撤回してください！」

「あら、ホントのことを言って何がいけないの？　その尻軽女は始終トラブルを起こしてる札付きなのに」

その時は、さゆみがケンカを売ってるとしか思えなかったのだが。

そこに、さゆみと同席していた若い男もやってきた。ここで話し込んでいるさゆみを不審に思ったのだろう。

「どうかしたの？　さゆみさん」

「あらトモヒコさん、なんでもないのよ。ちょっと知り合いに会ったものだから、ご挨拶していただけ」

夜叉のような表情から一転、にこやかな笑顔に豹変した。その鮮やかさが怖ろしい。だがおれたちに向ける視線は焼き尽くすようだ。余計なことを言ったらタダじゃおかない、という気迫が感じられる。驚いたことに真菜さんまでが、このクソ女に調子を合わせるのだ。

「そうなんです。ホントに何でもないんです。あたしたち、もうお食事が終わって帰るところですから」

真菜さんはテーブルの上の二万円すら取ろうとしない。

「このお金もいただかなくて結構ですから。ほんとうにごめんなさい」

「これは何のお金？　トラブルでも？」

首を傾げるトモヒコに、真菜さんは「いいんです。本当にごめんなさい」と笑顔を見せた。

どうしてここまで卑屈にならなきゃいけないんだ！　とおれは目の前が真っ暗になった。

「……ねえ。飯倉くんの気持ちはうれしいけど、このお店、やっぱりあたしは気を遣っちゃう。出てどこかで仕切り直さない？　お金はあたしが払うから」

真菜さんがそう囁いた。

「じゃあ、そうしていただけるかしら？」

さゆみが二万円を素早く引っ込めた。

真菜さんが嫌だと言うのなら仕方がない。全然、納得できないが、デートは女性の意向が何より大切らしいから……。

すごすごと席を立とうとするおれたちを、そこで伴蔵さんが引き止めた。

「きみたちがキャンセルする必要はない。三原さゆみさんとやら、帰るのはあなただ！」

「どういうこと？　派遣社員のジジイが何をエラそうに。勝手に帰ればいいでしょ！」

さゆみの声が大きくなった。彼女の地である根性の悪さが一瞬、完全に露《あら》わになった。彼女自身もすぐに気がつき、傍らのトモヒコを慌ててフォローした。

「あらごめんなさいね、トモヒコさん。つい悪い言葉を使ってしまったわ。私のお仕事、実はストレスが多くて……ほら、年輩の方って頑固だし、呑み込みが悪いこともあって」

「頑固で悪かったですな。改めてご挨拶させていただきます。私は、そこにいる桜井伴彦《ともひこ》の父、桜井伴蔵と申します。会って欲しい人がいると息子に言われてここに参ったのです」

「親父、さゆみさんと知り合いだったのか！」

さゆみの口は、人間の口がこんなに大きく垂れ下がるのかと驚くほどにあんぐりと開いた。その目は今にも飛び出しそうだ。

まさに化けの皮が剝がれた瞬間だった。

いやあのこれは何かの間違いで、と必死で言い繕うさゆみの肩を、伴彦は優しく叩いた。

「……あとで連絡する。さゆみさん、とにかく今夜はお開きにしよう。婚約指輪は返してくれなくていいから。買った店には引き取ってくれるように連絡しておくよ」

さゆみは、段差につまずいて何度も転び、その都度「なにこの意味のない段差！訴えてやる！」と喚《わめ》きながら店を出て行った。

「では……仕切り直して食事にしましょうか」

伴蔵、伴彦、おれ、真菜さんの四人でテーブルを囲むことになったが、この際ブラックフィールド探偵社のみなさんも呼んで会食したい、と伴蔵が言い出した。

「あの性悪女の本性を暴き、こちらのお嬢さんとも再会できて、仕事で親切にしていただいた礼を言う機会ができたわけですから」

当初の依頼二つが偶然とはいえ、達成されてしまった。それはたまたまおれが真菜さんとこの店に来たという幸運によるものだが。

派遣の仕事で怪我《けが》をして、看病してもらったお礼をしようとしたのだとおれは説明した。

「そうですか。広瀬さんには私も親切にして戴《いただ》いた。ずっとお礼を言いたかったのです」

伴蔵がにこやかに言い、乾杯をしていると、黒田社長とあや子さん、じゅん子さんがそこに到着した。

「しかし、聞けば聞くほど『ニコふれヒュー』はひどい派遣会社です。どこの派遣会社も似たりよったりの違法行為に手を染めていますが、ニコふれは中でも群を抜いて悪質です。企業の労務管理を真面目《まじめ》にやってきた私としては、まさに全人生を否定された思いです」

伴蔵は憤懣やる方ない様子だ。

「あんな極悪企業には業界から退場してもらわなければ……しかし、その方法がない」

潜入した派遣の現場で、派遣されたスタッフに団結を呼びかけてみたが、誰一人、同意してくれなかった、と伴蔵は情け無さそうに肩を落とした。

「せめて連絡先を教えてほしいと頼んでみたのですが、全員から拒否されました。

団結して会社に逆らうことに、みんな異常なほどの恐怖心を抱いているようで……」

「あの……ニコふれヒューに登録している人たちの連絡先でしたら、あたし、何人かのメールアドレスと電話番号、知ってます」

遠慮がちに真菜さんが口を挟んだ。

「一緒にお仕事をすると、なぜか皆さん教えてくれて。あたしの携帯にぜひ登録してほしいって。すぐ消しても構わないからって」

こちらから連絡を取ったりはしないけれど、消すのもなんとなく申し訳ないような気がして、と言いつつ真菜さんが取り出した携帯のアドレス帳には、ニコふれヒューというタイトルのフォルダーがあり、そこにはびっくりするほどたくさんの連絡先が記録されていた。とても「何人か」というレベルではない。

「こらいけるデ！」

黒田社長が膝を打ったので全員が驚いた。

「伴蔵はん、あんた、この腐れ外道な派遣会社に天誅《てんちゅう》を下したいんとちゃいますか？」

「そのとおりです。当初そこまでは考えていませんでしたが、もし可能ならば、出来る限りのダメージを与えたい」

改めて依頼をするし、料金は惜しまない、と伴蔵さんは言った。

「直近の季節イベントは……春節か」

黒田社長は邪悪な笑みを浮かべた。

＊

東京郊外の、とある工場。そこに「来来公司」というニワカ作りの看板が掲げられた。

「ここは知り合いがやっとった工場や。今は不景気で休業中やけどな」

実際のところは黒田が筋の悪い融資をして、倒産に追い込んだ町工場である可能性が高い。

そこに恰幅《かっぷく》の良い、いかにも経営者然とした年輩の男性も現れた。

「黒田サン、アナタ言うのこと良く判らないね。マフィアのフリするどういう意味か？　ワタシ、ただの中華料理店のオヤジあるよ。ヤクザ違うあるよ」

「まあまあヤンさん、あまり深《ふこ》う考えることおまへんがな。それにあんたのバックはチャイマどころか党幹部やないですか。あんたの名義で買うたことになってる六《ろっ》本木《ぽんぎ》の不動産、あれホンマの金主が誰か、ワシは知っとるわけやし」

「黒田サン、それ言うタメね。国家安全部に知られる困るね」

などと二人は小声で言い争っている。チャイマというのはチャイナマフィアのことらしい。黒田は探偵社と金融だけではなく不動産の仲介も手がけていたのか。おれは愕然とした。こんな人脈まであったとは。

黒田社長、恐るべし。

ニセの工場の入り口には受付が設けられて、じゅん子さんが座っている。安っぽいテーブルの前面には紙が下がって「来来公司　春節的提灯制作」と墨書されている。

「黒田サン、この中国語おかしいあるよ！」

ヤン氏の指摘を「まあまあ気にすることおまへんがな。中国語でけるやつ誰も来ませんよって」などと黒田はなだめている。

工場の中のテーブルの上には提灯《ちょうちん》の骨組みと赤い紙が申し訳程度に並べられている。要するに、この廃工場が春節に向けて縁起物の紅い提灯を生産する現場であるという見せかけだ。

朝の九時になり、ニコふれヒューのさゆみが現れた。満面の笑顔だ。

「このたびは弊社にスタッフの発注をいただき誠にありがとうございます」

丁寧に頭を下げたその姿に、根性の悪さはかけらもない。

物陰から見ているおれは、しみじみと女は恐ろしいと思った。

「本日は直接この現場に集合とスタッフには連絡してあります。一時間前に集合させますがもちろんその分の時給は発生しませんので」

伴蔵さんから聞いたので、今のおれにもそれが労働基準法違反だと判る。

「あんじょう頼んまっせ。春節が近いさかい、どうしても今日中に紅い提灯三千個、完成させて納品せなあきまへんねん。十時開始という段取りに、よもや間違いはおまへんやろな?」

ここで黒田社長は声を潜めた。

「こちらのヤン大人《たいじん》は大変なお人ですねん。大きな声では言えんが、信義を守らんかった相手が、これまでに何人もエライ目に遭《お》うとります」

期日までに支払をしなかった相手は青竜刀で一刀両断、納期が遅れた業者は東シナ海の海の藻屑《もくず》に等々、あることないこと黒田はふかしている。

黒田の傍《かたわら》には、さっきの腰の低さはどこへやら、冷たい目で無表情にさゆみを凝視する中華料理店の店主が傲然と立ち、不気味な存在感を漂わせている。

「それはもう。絶対に間違いはございません」

しかし……定刻が過ぎても、派遣されてくるはずの「スタッフ」は誰一人姿を現さない。

それもそのはず。この仕事に登録したのは全員、真菜さんのアドレスにあった男たちなのだ。

「お願いだから協力してください」と真菜さんは連絡し、知り合いの男たちにこの仕事を登録させた揚げ句、すっぽかすよう頼んだのだ。すごいことに、にこふれヒユーに登録している男たちのほぼ全員のアドレスが真奈さんの携帯には入っていた。

知らないのは、さゆみだけ。

ヤン大人は、眉根に皺《しわ》を寄せて黒田の耳元に何やら囁いている。合間に鋭くさゆみに飛ばす視線が氷のようで怖ろしい。

「おかしいですね。こんなはずでは……ちょっと確認取ってみますね……」

彼女は険しい顔で会社に連絡を取って懸命に状況を問い合わせているが……その額には冷や汗が滲《にじ》み、顔色も次第に悪くなっていく。

「どないなってますんや？」

黒田がドスの利いた声を出した。

「あの、社のほうからも登録したスタッフ全員に連絡を入れ直しているのですが……」

「それは判っとる。せやけど、もう開始時間から一時間も経ちまっせ。しかし、誰も来とらん。こら、どういうことでっか？」

判るように説明して貰いまひょ、と黒田は腕を組んだ。大抵の人間なら、その場で小便ちびるくらいに怖ろしい顔だ。

「わしはエエ。しかしこのヤン大人が納得してくれまへん。大陸の人は怖ろしいでっせ。約束は血で贖《あがな》うという不文律がおますからな」

黒田は適当なことを言っているし、中華料理屋のオヤジも堂に入ったマフィアぶりだ。

さゆみは必死に営業スマイルを作り、あちこちに電話をかけまくっている。

「……もう少々、もう少々お待ちを」

しかし一時間、二時間と過ぎ、ついに正午になっても、誰一人来ることはなかった。

「あきまへんな。これはもう、エラいことですな。あってはならん不祥事や。契約不履行でっせ契約違反でっせ」

黒田がドスの利いた低音で恫喝《どうかつ》する。

「ワタシもう勘弁ならないね！　中国大使館から正式に日本の外務省に抗議するね！　これ、国家的事業アルね。国の威信をパカにされたそれ許されないね！」

「まあまあまあ」

黒田は必死に説得するフリだ。だが二人揃《そろ》って睨みつける、その怖ろしい表情を目の当たりにしたさゆみは、恐怖の余りへたり込んだ。見ると、床に水たまりが広がっていく……。どうやら失禁したようだ。

「オタクの会社と話させて貰うで」

黒田はさゆみから携帯を奪い取り、「もっと上を出さんかい！」と怒鳴りあげた。

「ええか、こっちはエライ損害や、ざっと見積もっても五千四百万ほどやな。どないしてくれるんや？　このチンコロねえちゃんをクビにするだけで収まると思うなよ、ええ？　こっちにはバックに代議士、中国の大富豪に政府要人まで付いてるんやで。ええ？　判っとるんかいボケカスアホンダラ！」

最後の罵倒は、腹に響いた。

電話を切った黒田は、呆然としているさゆみにニヤリと笑ってみせた。

「アンタはクビや。会社はアンタに損害賠償を請求する言うとったで。ま、命があるだけ有り難い思うとけや」

　さゆみは、ひぃっと喉の奥で悲鳴を上げると、脱兎《だっと》の如《ごと》く逃げていった。

＊

「ニコふれヒュー」は潰れた。じゅん子さんが真菜さんを装って片っ端から派遣スタッフに接触し、内部告発に踏み切らせた結果だ。数々の法令違反が明るみに出て経営者は逮捕・起訴、会社自体も一般派遣事業の資格を喪失して、見事に倒産した。

真菜さんは……伴蔵さんの強い押しもあって、桜井伴彦と結婚が決まってしまった。

披露宴には我々ブラックフィールド探偵社の面々も招待され、途中、会場にさゆみが乱入しようとする一幕もあったが、危機を察知した黒田にあっさりつまみ出された。

「あの女、今は自分がやっすい日雇い派遣でコキ使われとる、言うて泣いとったわ」

　そら困ったことですな、何やったらエエ仕事紹介しまっせ、と営業かけといたと黒田は言うので、おれは呆れた。人を見る目が無いにもほどがある。

「それは無理っしょ。あんなキレやすいヒトに接客業なんて」

「アホか。誰がデリヘル紹介する言うた？　闇金の取り立てに決まっとるがな」

新郎新婦は幸せそうだ。おれとしても、真菜さんが人妻になってしまって淋《さび》しいが、心から良かったとは思う。じゅん子さんもまあ良かったわね、という反応だが、あや子さんだけは違った。

「あの子、絶対、浮気するよ。尻軽っていうんじゃなくて、迫られたら断れないの。優しすぎるし、自分の価値が判ってないんだよね」

「そういうもんすかねえ……」

だから真菜さんはおれとセックスしてくれたのか、と合点するしかない。

「まあいいじゃん。そしたら今日の新郎がいずれウチの事務所に駆け込んでくるんだから」

ひそひそと不穏な囁きが交わされているとも知らず、披露宴はなごやかに進行してゆくのだった。

第三話　リバーズ・エッジ・リビジテッド

夜更けの河川敷に吹く風は、春先とはいえまだ冷たい。

空気の中にはかすかに潮の匂いが漂っている。ここは河口に近い。海はすぐそこにある。

遠くには白く輝くコンビナートの光と、高い煙突の先で燃えるオレンジ色の炎も見える。対岸にはいくつものビルが建ち並び、マンションの窓の明かりが無数に見える。

そこにはたくさんの人が暮らしているのに、今、ここで絶体絶命の窮地に陥っているおれのことを、おれが今どうなろうとしているのかを知っている人は、誰一人いない。殴られ、蹴られ、苦痛にうめくおれの声は、暖かい明かりの中で暮らす人たちの耳には届かないのだ。

三人の、これまで仲間だと思っていた男たちが、服を脱げと言った。風が肌を刺す。

「オラ金返せつってんだろコラ！」

リーダー格のテツジはそう言うと、おれの返事も聞かずに殴ってきた。鳩尾《みぞおち》に拳が入って息が出来なくなり、倒れたところにさらに何度も蹴りが入った。

「テツさんマズいっすよ。あんまりやり過ぎると……」

リョウの声がする。三人の中では一番まともな男だけど、気が弱い。すぐに声の大きいあとの二人に流される。それでも今はリーダーのキレっぷりに恐怖しつつ、なんとかこの場を収めようと必死なのが判った。

「大怪我させたらシャレにならないっすから」

「そう……だな」

テツはやや冷静になったようだ。助かった。

「そうっすよ。こいつだってほんの出来心でカネを盗《と》ったんだと思うんで」

その言葉に絶望した。庇ってくれているようで、実はリョウもおれを信じていない。おれは絶対に、誰の金も盗っていないのに！　一円だって。

テツがしゃがみ込んでおれの髪を摑んだ。

「おら、言えよ。タンスの中のおれの金、どこに隠したんだよ？　まさか二百万、全部使ったってことは無いよな？」

　髪を摑まれたまま、ぐりぐりと顔を地面に押しつけられた。冷たい土が口の中に入る。枯れ草がちくちくと頰に刺さる。

「いくらか使っちまったのなら仕方ない。残りを返せよ。そうしたら許してやる」

　テツの声がまた激しくなった。リョウのおろおろする声が聞こえる。

「ほら、テツさんもせっかくそう言ってくれてるんだから、お前、ほんとのこと言えよ。頼むから」

「わ……判った」

　全身が痛い。もう限界だった。涙が出た。それは身体の痛みというより、やってもいないことを認めさせられる、心の痛みだった。何かが折れる音を聞いたような気がした。

「お……おれ、金作ります。時間かかるけど、なんとかしますから」

　二百万。働いて作るには一体、どのくらいの時間がかかるのだろうか。自分は盗っていないのに……。

「そうか……だったら、勘弁してやる」

　安堵《あんど》と情けなさでおれは泣いた。これで命は助かった……。だが。

「ええっ？　いいんすかテツさん、ほんとにそれで？　コイツにここまで舐められて、許すンですか？」

甲高《かんだか》くて軽薄な声が割って入った。最悪だ。いつもチャラいお調子者のヨシ。こいつはテツのように激怒しているわけではなく、リョウのように怯えながらも場を収めようと必死なわけでもない。ただ単に、今、この状況を面白がって、心から愉しんでいるだけなのだ。

「なんか……がっかりだなあ。テツさんはきちんとケジメ取る人だと思ってて、おれ尊敬してたんだけどなあ」

「お前……おれが甘いって言うのか？」

テツの声が再び険悪な響きを帯びた。

「そうじゃないすけど、こいつ、許してもらえたと思って腹の中で舌出してますよ。ゴメンで済めば警察いらないって言いますけど、返せばいいんスか？　こいつがテツさんのこと舐めてかかって、テツさんがオレ詐欺で稼いだ二百万、まるまるパクったって事実に変わりは無いんすよ？」

ヨシは明らかにテツを煽っている。ウソやデマを飛ばしてテツを焚き付けて、おれが半死半生の目に遭うのを期待しているのだ。

「おれは……おれはテツさんの金なんて盗ってないです！」

おれは、そう叫ばずにはいられなかった。何ひとつ言い訳できないうちに、勝手に話が出来上がっていく。盗ってもいない大金に、手をかけたことにされてしまう。

「てめえ、まだ嘘《うそ》つくのかよ！」

さっきは謝ったくせに、とテツはまたも激昂してしまった。

堤防の上からの弱い街灯の光でも、悪鬼のようになったテツの顔、怯えきったリョウの表情が判る。そしてヨシの唇が歪《ゆが》み、邪悪な薄ら笑いが浮かぶのも、はっきり見えた……。

「お前さ」

テツは無理に冷静さを装い、静かに言った。

「盗ってないと言い張るんだったら、それを証明しろ。おれを信用させてみろ」

「証明しろって言われても……どうしたら」

「泳げ。この川の中に入って泳げ。泳いで見せればお前の言うこと、少しは信用できるかもしれない」

テツはタバコに火をつけて吸い込んだ。

「おれはさ、金を盗られたことよりも、仲間だと思ってたお前に裏切られたことが、何よりも許せないんだよ。判るか？」

「翔太《しょうた》はそんなやつじゃないっすよ」

リョウが怯えきった声で庇おうとした。

「コイツいいやつだし、テツさんにはいつも気を遣ってるじゃないっすか。テツさんが風邪《かぜ》引いたときだってプリンやヨーグルトやポカリ買ってきたり、ネギとにんにく入りのラーメン作ったり」

テツたち三人は一戸建てを借りて一緒に暮らしている。おれもそこに出入りして、一緒に解体の仕事をしている。この三人は地元の、小坊のころからの先輩後輩だ。おれだけが中学の時に転校してきた。おふくろが離婚して、遠い南の島から首都圏の、この河口の街に住むようになったのだ。

ひとりぼっちだったおれを、テツたちは仲間にしてくれた。おふくろは男を作って出て行き、足の悪いばあちゃんが住む家にはおれの姉だけが残って、ばあちゃんの世話をしている。

身近に弱っていたり困っていたりする人がいれば手助けをする、少しでも役に立とうとするのは、おれには自然なことだった。だが。

「コイツのそういうところ、ウザくないっすか？　なんかいい子ぶってるのがミエミエで」

ヨシがおれを嫌っていることは薄々判っていた。だが、ここまで嫌われていたとは……。

「胡散臭《うさんくさ》いんすよ、コイツ。自分ばかりイイ顔しようとして。良いやつだって思われたいっつうか、こういうの、偽善者って言うんじゃないすかね？」

いい人の振りをし続けたのは上辺だけで、本当の目的は金を盗ることだった、そうに決まっている、とまでヨシは言い募った。

「コイツがいつもヘラヘラして、楽しそうにしてるのも気に食わないんすよ」

いつの間にか金を盗んだことにされ、しかも嘘つきで裏表のあるトンデモナイ悪人におれは仕立てあげられていた。

楽しそうにしているのがいけないことなのか？

おれにだって辛いことはたくさんある。だが、それを顔に出しても仕方がない。辛いことを人に話すのもいやだった。

おれの辛いことなんか、誰も聞きたがらない。それが判っているから。

親父が借金を作りおふくろを殴るようになった。自分と姉ちゃんとおふくろはこの街に逃げてくるしかなくなり、そして今度はおふくろが男を作って出ていった。

ばあちゃんの年金では生活が一杯いっぱいだが、姉ちゃんはばあちゃんの世話でまともな仕事につけず、付き合っていた恋人にも捨てられた。悪いことにばあちゃんはボケ始め、おれが解体で稼ぐ給料が無ければマジで金が足りない……。

　そんな話を聞かされても誰も楽しくないし、おれが暗い顔をしていても周囲がうんざりするだけだ。

　だから、せめて周りを不愉快にさせまいと、いつも無理に明るく振る舞っていたのに、それが裏目に出ていたというのか……。

「テツさん知ってますよね？　こいつ親父にもおふくろにも棄《す》てられて、家族といったらボケババアとその面倒を見てる姉ちゃんだけで、金がいくらあっても足りないんすよ。だからテツさんの金盗ったに決まってます。そして何食わぬ顔でいい子ぶって、ヘラヘラ笑って誤魔化して。それでバレないと思ってるんだから大体、テツさんのこと舐めてますよ」

　本当に自分が、ヨシの言うようなひどい人間のような気がしてきた。もしも本当にそんな人間だったら、生きていること自体が許されない、そんな気さえしてきた……。

　テツはヨシに向かって頷くと、おれを見た。「言ったろ。服を脱いで、泳げ！」

もう、言うことを聞くしかない。

おれはパンツ一枚になって、川に入った。

冷たい。足を入れただけで突き刺すような冷たさが全身に回って、震えがくる。

しかし、足を浸《つ》けただけで許してくれるはずがない。

昔に比べてだいぶ綺麗になったのだというが、川は汚かった。ドブのような臭いもする。生まれた島の、明るく透きとおって青い海と、同じ液体だとはとても信じられない。

おれは泳げる。でもそれは昼間、温かくて穏やかな海での話だ。今は夜で、しかも寒くて風も強い。

でも……やらなければいけない。全身をこの汚い水に浸して泳いでみせなければ、この場は収まらない。やるしかないのだ。

対岸の建物の明かりが、黒い水面に映って揺れている。どのくらいの深さかも判らない。

剝き出しの臑《すね》、そして膝、腿と浸かるにつれて冷たさだけではない、流れの強さをもろに食らった。水が牙を剝いている感じがする。

岸から離れるにつれて、流れは強くなった。底のほうに何かが潜んでいて、今にも引き込まれてしまいそうだ……。

*

「は〜い、今日のランチができたわよ〜」

　迷彩柄のミニドレスを着たあや子さんが、事務所のキッチンから満面の笑みを浮かべてトレイを運んで来た。彼女はわが「ブラックフィールド探偵社」の社長の愛人で、好意でランチを作ってくれているのだが……。

「今日は、ミリメシを私流にアレンジした逸品よ〜！」

　いつもはシースルーのブラウスでむちむちプリンなナイスバディを披露してくれるあや子さんだが、たわわな巨乳も豪華なレースのブラも今日は見えなくて悲しい。だが、ボディコンぶりを強調するミリタリー風ミニドレスも、これはこれでエロい。

　迷彩柄のハリのある生地に包まれたダイナマイトバストはロケット砲のように突き出しているし、ミリタリー風のデザインも、あや子さんのきゅっと締まったウェストをいやがうえにも強調している。膝上二十センチ、いや、もっと短そうなスカートから覗くナマの太腿も、意外に筋肉質で逞《たくま》しそうに見える。

それを眺めて密《ひそ》かに喜んでいるおれは、この探偵事務所で現場を担当している飯倉良一。下っ端のパシリみたいに扱われているけれど、いまやこのおれがいなければ現場は回らない。

あや子さんは先日、海上自衛隊の基地見学ツアーに参加して以来、自衛隊にすっかりハマっている。それを生温かく見守るじゅん子さんは情報収集・経理その他すべてを仕切っている、キレモノの才色兼備の女性だ。

「カイジはスゴいのよ。カレーは美味しいし、掃海母艦はカッコいいし、自衛隊の人たちは日本の、いや世界の平和を守るために日々努力してるんだからね！」

「なんやお前、えらい簡単に右翼になりよったんかいな」

ヤクザにしか見えない社長の黒田は出かける支度をしている。もちろん自分の愛人の料理を口に入れたくないのだ。

「そうじゃなくて！　あたしは純粋にカイジの素晴らしさに感銘を受けたんだから！」

あや子さんは海上自衛隊の素晴らしさを力説した。

「たとえば潜水艦の機能が凄いの。ディーゼルでは他国の追随を許さない性能なんだって。知ってる？　自衛艦の技術系の乗組員はディーゼルエンジンを全部分解して、一から組み立てることが出来るんだよ？　洋上で故障してもサービスマンとか呼べないじゃん」

「触ったらアカンという条件でアメリカから買《こ》うたキカイが故障したらどないするんやろな。ブラックボックスはフタ開けたら自爆しよるんとちゃうか？」

　黒田社長が茶化す。

　そもそもが、あるツァー会社から依頼された調査（悪い社員が下請けのバス会社からリベートを取り、仕事を発注するかわりに価格を下げさせていた）が成功したものの、ツァー会社自体がまるで儲かっておらず調査料を値切られ、差額が現物支給のツァー参加にされた結果、あや子さんが渋々参加してみたら、なぜかハマってしまったのだ。

　トレイの上の皿を見て危険を察知した黒田はわざとらしく「あ！　悪い。もう時間ないわ！」と時計を見て叫んだ。

「まあそう言わず、食べてから行っても大丈夫でしょ？　食べ物を粗末にするとバチが当たるって教わらなかった？」

　その言葉の意味するところを、あや子さんに五時間ほどこんこんと語って聞かせたい。

「これはね、アメリカ軍の個人用戦闘糧食《レーション》をもっと美味しくしようと、あたしがひと手間加えたんだから！」

この「ひと手間」が曲者なのだ。不味《まず》いモノはよりマズく、せっかく美味しいモノも台無しにしてしまうのだから。

「ミリメシって知らないでしょ？　兵隊さんが食べる食事だよ。だけど最近のモノは美味しいの。例えばこれはフランス軍の」

温められて開けられた横長の缶詰は、チキン・シチューのようだった。

「若鶏の煮込み。食べてみて」

スプーンですくって一口食べると、これは美味い！　デミグラス・ソースのような味付けで、コンビニで売っていれば人気が出そうだ。さすが美食の国は兵隊のメシも美味い。

「ホントはチョコ味のビスケットも付いてるんだけどそっちはあたしが食べちゃった。で、こっちはイタリア軍の」

これも缶詰だが、中身はリゾットだ。試食したじゅん子さんが「ブオーノ！」と叫び、頬を指でグリグリしている。

おれのフランス食と交換してもらって食べてみたら、イタリア食も美味いではないか。これなら立派なランチになるぞ。

なおも食べ進もうとしたら……無情にも、あや子さんに取り上げられてしまった。

「駄目だってば全部食べたら。肝心のモノを食べる前にお腹《なか》一杯になっちゃうでしょ！」

「いやそれで全然かまわないんスけど」

「駄目だよ。『ひと手間』加えたあや子スペシャルが美味しくなくなるじゃない！」

だからその『恐怖のひと手間』抜きでお願いできませんかと、口から出そうになる。

「ええとね。私は願掛けをしていて昼食断ち中なの。だから残念だけど食べることが出来ません」

と、じゅん子さんが逃げた。

「世界平和を祈っているのよ。テロがなくなりますようにって」

「悪い、あや子、ホンマに時間ないねん！」

そう言って、黒田社長も羊革のコートを取って逃げ出した。

あや子さんの視線がおれにロックオンした。

もう、食べるしかない。絶体絶命。覚悟を決めたおれがスプーンを手にして、

「あや子スペシャル」に対峙《たいじ》したとき。

救いの神が現れた。事務所の扉が開き、黒田社長がトレンチコートの男を連れて戻ってきたのだ！

「そこでこいつに会うたんで連れてきた」

この、いかにもハードボイルド風のトレンチコートの男は、おれと入れ違いに啖《たん》呵《か》を切ってこの探偵社を辞めたはずなのだが、なぜか今も黒田とは繋がっているようだ。

「おお、これはアメリカ軍のレーションですな。ちょっと失礼」

彼はトレイの上で手付かずだった「あや子スペシャル」に目をつけると触手を伸ばし、おれが止めようとする間もなく、正体不明の肉料理を口いっぱいに頬張ってしまった。

「うん。これは美味い。私が知っている味とは違うが……アメリカ軍のレーションも進化したなあ。うん、こっちもなかなかイケる」

彼は次から次へとスプーンを使って味見をしている。

「先に食べたのはステーキ。こっちはウェスタン・スタイル・ビーンズ。要するに西洋煮豆。あたしがひと手間加えたのは、味付けね。やっぱりアメリカ人の味覚は大雑把でいい加減だから、スパイスを効かせたの。オレガノ、クミン、クローブ、ペッパー、コリアンダー、サンショウ、シナモン、スターアニス、パセリ、セージ、ローズマリー&タイム……」

最後はメロディーになった。サイモンとガーファンクルか。

要するに手当たり次第に調味料や香辛料を投入した結果、今回のあや子スペシャルが奇跡的な大成功を収めたのか？　いや、トレンチコートの男が、あや子さんに匹敵する例外的な味覚の持ち主である可能性もある……。

「全部、食っちゃっていいかな？」

「いいとも！」

とあや子さんは今となっては懐かしいフレーズで答えている。

おれにとっては、まさに地獄で仏だ。

「懐かしいなあ。コソボにいた時は、よくこれを食べたんだよなあ」

トレンチコートの男はしきりに懐かしがりながら味わっている。このヒトはいったい何者で、戦地で何をしていたのだ？

「いや特殊部隊の戦闘術を研究している友達がいましてね。そのツテで、まあいろいろと」

トレンチコートの男は肝心なところをハッキリ言わない。

「スゴい！　特殊部隊ってデルタフォース？　それともグリーンベレー？」

「いや、今、短期で決着する強襲作戦ならネイビーシールズですな。ほら、ビンラディンの暗殺で有名になった、売り出し中の」

この男はアメリカの特殊コマンドを新人芸人みたいに言う。

「ビンラディンは砂漠みたいなところに潜伏してたと思うんスけど、なんでそこに海軍が」

おれは聞きかじりの知識で質問した。

「対テロリスト戦では現在、シールズが一番優秀とされてるんですよ。有名な大予言にも『海の名前の宗教が、隠れ潜むビンラディンの一味に打ち勝つ』とあるほどで」

おれはもちろん全員が事の真偽を知らないので、そのままスルーした。

「ねえねえ。あたしも戦闘術のサークルに入ったんだ。フェイスブックで見つけて」

あや子さんは、接近戦闘術を披露すると言い出した。

「ちょっとみんな離れて。スペースあけて」

言われるままに、おれたちは全員で事務所の一見レザー風（実は合皮）のソファ、その他の応接セットを端に寄せた。

「そこに立ってみて、飯倉くん。頭の上にこれ載せてね」

そう言われて渡されたのは、未開封のレーションひとパック。

「ちょっと屈《かが》んでくれる？　あたしあんまり背が高くないから、ちょっとズルなんだけど」

そう言いながら空いたスペースの真ん中で、あや子さんはおれと対峙した。

一体、何が始まるのか。

おれが不安に駆られたその瞬間、カモフラ柄ミニスカ姿のあや子さんが片脚を高く蹴り上げた。引き締まった真っ白な内腿、そしてその奥のパンティまでが丸見えになった。

目がそこにクギ付けになり思わず身を乗り出した、その瞬間。耳元でヒュッと風を切る音がして頭のてっぺんの髪の毛がそよいだ……と思ったら、頭上に載せたレーションが、一瞬にして部屋の隅まで吹っ飛んでいた。

全身を派手に回転させたあや子さんが、鮮やかな回し蹴りを決めたのだ。

「あっ、危ないじゃないっすか！」

ヤバかった。一瞬丸見えになったパンティに気を取られ、もっと見ようと前のめりになっていたから良かったようなものの、じっとしていたら回し蹴りが側頭部にマトモにヒットしていた。ちなみにパンティは、というかパンティまでがカーキ色だった。

「お前、あや子のパンツ見たさに前屈みになって難を逃れたやろ！　怪我の功名、いや、スケベの功名やな！」

黒田社長がお気楽に哄笑《こうしょう》し、今度はじゅん子さんが立ち上がりながら言った。

「ターゲットに前屈みになってもらわないと駄目っていうのは実践的じゃないわね。私がやってみるから。飯倉くん、もう一度そこに立ってみて。それと……はいこれ」

今度はじゅん子さんに別のレーションのパックを渡されてしまった。

「まっすぐ立っていいわよ」

言うやいなや今度はパンツスーツ姿のじゅん子さんが鮮やかに回し蹴りを決め、またもレーションが吹っ飛んだ。

じゅん子さんは確かに長身だが、おれと同じくらいの背丈だ。脚が長いということもあるが、明らかにあや子さんよりも足が高く上がっていて、腕前が上なことは間違いない。

「じゅん子さん、昔、何やってたんすか？」

おれは素直に驚き、トレンチコートの男も手を叩いてじゅん子さんを褒めそやした。

「いやお見事。関節可動域が大きいんですな」

「そうなの。子供のころ習わされていたバレエ教室の先生にも、あなたはシルヴィ・ギエムと同じ二重関節の持ち主だからローザンヌを目指すべきって強く勧められたわ」

目指さなかったけど、とじゅん子さん。

「飯倉くんも探偵やってるんだから、基本の護身術くらいは覚えておいたほうがいいわよ」

じゅん子さんにそう言われ、おれはこの場で急遽《きゅうきょ》、護身術というかケンカ術の基本を教わることになってしまった。

「私を倒してごらんなさい」

じゅん子さんが仁王立ちになる。

仕方なくおれは二人を真似《まね》して、というかブルース・リーやジャッキー・チェンのような回し蹴りを決めようとした。後ろ向きに立って右足を上げながら身体を回転させて、その勢いでキック力を増す、アレだ。

イメージでは鮮やかにキックが決まるはず……だった。しかし次の瞬間、おれは思い切りバランスを崩し、派手にすっ転んでいた。

「それはアクション映画でやるものよ。見てくれだけで全然、実戦向きじゃないから」

「年収高いのにデートにお金を使わない男みたいなものだね」

あや子さんが言い、黒田社長までがギャラリーと化してコメントした。

「見た目はエエけどベッドで何もせん女みたいなもんやな」

黒田はそう言って笑ったが、あや子さんを見て、慌てて「お前のことやないで、あや子」とフォローした。

「あのね、蹴りを使うならこういう」

と、じゅん子さんは持ち上げた足裏をこちらに向けて見せた。

「いわゆるヤクザキックに限るわね。見た目はダサいけど確実よ」

ほらやってみて、と言われて恐る恐るトライしてみたが、あっさりとその足を取られ、またもおれは床に倒されてしまった。

「遅すぎる。キックの足を取られないようにするには、回し蹴りやハイキックみたいなカッコイイ技は厳禁。不格好でも確実な、ヤクザキックが一番強力なのよ」

じゅん子さんはそう言うと、右足を上げておれの腹を足の裏全体で押すように蹴った。

「今のは『前蹴り』。もしくはこれね。ハイ立って！」

後ろに倒れ込み、尻もちを搗《つ》いたおれが立ち上がったところに蹴りの第二弾が襲った。

同じように足裏全体で、おれの腹を押すように蹴るのだが、今度は横向きにした身体から足を繰り出してくる。

「これが『横蹴り』。そしてトドメは」

後ろに吹っ飛んで倒れたおれの腹目がけてじゅん子さんが膝を高く上げ、思い切り踏みつけようとしている。

「ひえぇっ！　駄目っすよ！」

おれは悲鳴を上げて転がり難を逃れた。

「今はゆっくりやったから逃げる隙を作ってしまったけど、実戦では一気にやってトドメを刺すのよ。後は相手の股間を思いっきり蹴り上げる『金的蹴り』ね」

どこで教わって鍛錬したものか、じゅん子さんは息も乱さず淡々と解説した。

「おお、誠に素晴らしい。実に理に適《かな》った、実戦向きの組み立てです」

トレンチコートの男はまた拍手した。

別に暇つぶしでジャレていたわけではないのだが、そこで黒田社長が「おい！お客さんや！」と声を上げ、依頼人らしい女性が我に返った。

ドアの方を見ると、全員が我に返った。若くて整った顔立ちだが、その表情は疲れ切っているように見える。

黒田社長は素っ飛んでいって、得意の愛想笑いを浮かべた。

「すんまへんなあ……お客さんを放っておいてジャラけてからに……おい！　遊んどらんとお客さんにお茶やお茶！」

さあどうぞ、と黒田はその女性を、おれが慌てて元の位置に戻したソファに案内した。

「実は、私の弟が……解体業の小さな会社に勤めてるんですが、そこの先輩のお金を盗ったと濡《ぬ》れ衣《ぎぬ》を着せられて、毎日責められてリンチを受けていて……このままでは大変なことになってしまいそうなんです」

椎名明子《しいなあきこ》と名乗った若い女性が堰《せき》を切ったように話すのを、黒田が止めた。

「それ、警察に行くべきハナシみたいやけど」

「弟が警察沙汰にはしないでくれと。自分が盗んでいない以上、仲間の誰かがやったわけで、それで揉めるのは困ると弟は言うんです」

「ほうですか」

黒田は明子を値踏みするようにじろじろ見て、腕を組んだ。

「ほたら、取りあえず話だけでも聞きまひょ」

黒田は真剣な表情を作って大きく頷いた。いつものことだが、社長の関心はこの仕事で幾ら儲かるかということに向いている。

「弟の翔太は中学時代の先輩たちに誘われて解体の仕事を始めました。社長というかリーダーの人の家に他の二人も住み込んでいて、弟はそこに出入りしていて。その家で大金がなくなってしまって……」

明子の身なりは若い女性にしてはとても質素だ。その暮らしぶりは容易に想像出来る。

「リーダーの哲次《てつじ》って人が以前オレオレ詐欺に絡んでいて、けっこうお金を持っていたようなんですけど、そのお金を弟が盗んだって濡れ衣を着せられて。そんなことが出来る子じゃないのに」

明子の状況説明を一通り聞いた黒田は、「判った！」と頷いた。

「筋書きは明らかや。アナタの弟以外の誰かが金を盗んで、その罪を弟さんに着せようとしとる。それでキマリや」

黒田社長は断言した。

「ワシの体験から言うてもや、こういう場合、グループの中で一番性格のエエ、まともなやつがババ引くんや。罪を着せられる。単純な話や。一番クサいヤツを締め上げたらすぐにゲロするやろ。それより問題は」

黒田は腕を組んで難しい顔を作った。

「支払いはどないします？　ウチも慈善事業と違うんで、タダいうわけにはいきまへんな」

「そうですよね。それは判っています」

明子は真剣な表情で唇を噛み、「ちょっと待っててください」と言って出ていった。

「冷やかしやないやろな」

黒田社長が言うと、あや子さんが怒った。

「あの人は真剣に悩んでたよ。料理の味が判らないと人の気持ちも判らなくなるんだね！」

ちょっと意味不明の怒りだが、あや子さんなりに同情しているのだろう。

そのうちに、依頼人の明子さんは戻ってきて、応接テーブルに銀行の封筒を置いた。

「一応、百万円あります。それで足りないようでしたら……またなんとかします」

封筒の中身を確認した黒田は、「たしかに百万円入ってますな」と応じた。

「そのお金をどうやって作ったかは、聞かないでください。弟がトラブルから抜けられれば、死なずに済めば……私はそれでいいんです」

風俗か何かで働くことに決めたのだろうか。黒田社長はトレンチコートの男と顔を見合わせて頷くと、おもむろに立ち上がった。

「失礼。わしらは別件があるんで出かけます。後はそこの優秀な社員が伺いますよって。こら飯倉、依頼人からよう話を聞いとけ。方針は明日考えるよって。ほな、じゅん子さん、アンタも行こか」

そう言われたじゅん子さんも、本当に予定があるのかハイと席を立ち、あや子さんも「じゃああたしも帰るね」と言って、四人が一気に事務所から出て行ってしまった。後に残されたのは、おれと依頼人の二人きりだ。

実際には「明日」などと悠長なことを言っていられる状況ではなかったのだが、その時のおれには知るよしもなかった。

「あの……このお金、どうやって作ったんすか？」

聞いてから、しまったと思った。「聞かないでください」と今、言われたばかりではないか。だが、明子さんは力なく答えた。

「たぶん……あなたが考えてるとおりです」

やっぱり、この人はフーゾクで働く決心をしたのか……。

「あの子が……弟があんな目に遭っているのも、本当は私のせいなんです。私が、あのグループのリーダーの彼女にさえなっていれば」

明子さんは込み入った事情を話してくれた。

「弟にお金を盗られたと言っているリーダー格の男は、私に好意というか、好意以上のモノを持っていて……いきなりブランドバッグをプレゼントだって押しつけてきたりして」

そのテツという男は自信過剰で、自分が惚《ほ》れた女は全員自分になびくと信じているらしい。だから、ブランドバッグを受けとらない明子さんに「なんでだよ？　なんでいらないんだよ？　女はバッグもらえば喜ぶモンだろ？」と、キレたという。

「だけど私、そんなバッグに似合う服なんか持っていないし、そんな生活もしていないし……ボケたおばあちゃんを介護して、スーパーでパートしてる私が、一体どこにそんなもの持って出かけるって思ったんでしょうね」

しかも明らかにニセ物だった、と明子さんは付け加えた。

「縫い目がほつれてるんです。本物なら、そんな雑な縫製してないでしょう?」

好きな人がいるから、と明子さんは告白を拒絶し、それを根に持ったテツは、彼女の弟を取り込み、自分のところで働かせていじめるようになったのだと彼女は話した。

「弟には街を離れるように言いました。でもあの子がそれはイヤだって。ねえちゃんとばあちゃんを残して行けない、それにおれを雇ってくれたあの人たちはいい人だって」

最初は三人とも弟には親切にしていたから、それに騙されているのだと、明子は無念そうに言った。

「でも、あの人たちは……少なくとも三人のうち二人は悪い人です。だって、私がこの百万円を作れるよう、ある人……ハッキリ言ってフーゾクの経営者ですけど……に仲介したのは、グループのうちの一人なんですから」

その男は一見調子が良くて如才ないが、一番信用できない人間だと明子は言い切った。

「弟についてあることないことリーダーに吹き込んだのは、多分その人じゃないかって私、そんな気がしているんです」

これは自慢と取らないで欲しいのですけど、と明子はためらいながら話した。

「リーダーの私への気持ちを知っているのに、私をフーゾクに紹介するって、変じゃないですか？　これって、リーダーの気持ちも、もてあそんでますよね？」

とても変だと、おれも思った。その男には絶対に悪意がある。

彼女の弟を含めた四人について詳しいことを聞いたおれは、社長に報告して方針を決めますと伝えて、明子さんには帰ってもらった。

が。ウチの四人はいっこうに帰ってこない。こんな時に限ってどこをほっつき歩いてるんだ、とヤキモキしていたら、夜になって明子さんから緊急の連絡が入った。

「助けてください！　弟が河原《かわら》に呼び出されて……前も全身に怪我をして帰ってきたんです。今度こそ……もう帰ってこないかも！」

すでに百万円というお金を預かっている以上、社長の方針が出るのを待っているわけにはいかない。なんせ、緊急事態なのだ。

どうしよう……。しかしここはおれが自分でなんとかするしかない。落ち着け。落ち着いて考えるんだ。

しかし、いくら考えても、なにも浮かばない。これはもう、行くしかない。百聞は一見にしかず？　見る前に跳べ？　こういう時、どう言えばいいんだっけ？

事務所を飛び出すと、ぐでんぐでんに酔っ払った四人が帰ってきたのに出くわした。

「よっ飯倉！　相変わらずアホか？」

「アンタかてアホやろ？　ウチかてアホや。ほな、サイナラ！」

トレンチコートの男と黒田社長が酔っ払い特有のドラ声を張り上げたが、構っている暇はない。いつも沈着冷静なじゅん子さんまでがほろ酔い機嫌で、まったくお話にならない。

「例の件、緊急事態が発生したので、摺見川《するみがわ》の東海道線鉄橋付近に行ってきます！」

おれはそう言い残して先を急いだ。

＊

現場近くの土手に駆けつけると、明子さんもすでに来ていた。

「こっちです！　ほら、あれ！」

彼女が指差した先には、河川敷のサイクリングロードを照らす水銀灯でぼんやり明るい川面《かわも》に、人影が見えた。

その人影は裸で、なんとか泳ごうとしているのだが寒いのだろう、立ったまま動かない。

河原には三人の男がいて「早く泳げカス！」などと罵声を浴びせている。

これはもう一刻の猶予もない。しかし……どうすればいい？　おれも川に入るしかないか？　しかしそれでは共倒れになる……。近くの橋からロープを垂らす？　しかしロープの用意なんかないぞ。

ええいままよと、おれは土手を駆け下りて、川の中にいる翔太に怒鳴った。

「泳いじゃダメっす！　凍え死ぬっスよ！」

「なんだコラ。お前、何者だ？」

絡んできたのは一番チャラそうなやつだ。剃り込《そこ》みを入れてベースボールキャップを逆にかぶり、シルバーのアクセサリーをじゃらじゃらつけている。他の二人、ゴールドのラインの入ったジャージを着たガタイの良い男と、ひょろりと背が高くて頼りなさそうなヤツは様子見だ。

「ボコボコにされてえか？　東京湾に浮きたいか？　あ？」

いきなり殴りかかってきた。

恐怖のあまりチビりそうになるおれ。しかしなぜか相手の動きはよく見える。とっさに身を屈めて攻撃を回避し、次に身体を伸ばす勢いを利用して足を蹴り出していた。

教わった通りの「ヤクザキック」。反射的に身体が動いたのは昼間受けた特訓の賜《たまもの》か。

見るからにチャラくて信用できないコイツが、陰で策謀を凝らして翔太を陥れ、弟思いの姉をフーゾクに売り飛ばそうとしているのか……そう思うと怒りが湧き、繰り出したキックにも力が入る。

すると……驚くべきことにチャラ男は吹っ飛んだ。ついでにサイクリングロードのアスファルトにアタマをぶつけて失神してしまった。

「今しかないっス！　逃げるッスよ！」

おれが呼びかけると翔太は慌ててザバザバと音を立てて川から上がり、姉のいる方に逃げて行った。

「誰だよテメエ」

ガタイの良いラッパー風の男がやって来た。こいつがリーダーか。手下をノサれたままではアニキとしてカッコが付かないのだろう。

おれはふたたびヤクザキックを繰り出したが今度はあっさり足を摑まれてしまった。

取られた足を捻《ひね》られ、どう、と倒された。すかさず蹴りが腹に入る。

「げふ」

ラッパー風の外道は無言で蹴りを入れ続けた。鳩尾にキックが入って息ができない。腰や背中は大して痛くないが、腹は応える。

「オラオラオラ、川に放り込んでやるぜ！」

サンドバッグにされたおれは吐いた。吐くものがなくなると胃液も吐き、血も吐いた。それでも顔を手で覆って守ったのは本能か。

攻撃が永遠に続くかと思った頃……。

顔に光が当たって、「こらあ！」という怒声が聞こえた。

「こんな時間にこんなところで無抵抗な相手に何をしているんだぁ！」

警官だった。白い自転車に乗った制服警官が懐中電灯でおれたちを照らしたのだ。

舌打ちをしたリーダーは、そのまま逃げ出した。河原にノビていた男も、もう一人の仲間に起こされて一緒に逃げ去ったようだ。

警官は連中を追わず、おれを助け起こした。

「大丈夫ですか？　若いから仕方がないが、あんまりムチャしちゃ駄目だよ」

「いやこれは……」

おれはなんとか声を絞り出して説明した。

「警察が動いてくれないからであって……」

「いや、こういうふうに、実際に暴行沙汰が起きていれば、警察は動くから」

逆に言えば、誰かが半殺しにされるまでは動いてくれないということか？

「よかった……無事で」

屈み込み、おれの背中をさすってくれたのは明子さんだ。全然無事ではないが、男になったというか、そんな誇らしい気分ではある。

「お、弟さんは？」

「翔太にはお金と着替えを渡して、遠くに行くように言いました」

警官は事件にするなら調書を取りたいと言ったが、それは明子さんが固辞した。

おれたちは警官に礼を言って見送った。

「ありがとうございます。飯倉さん……あなたの手当をしないと。すぐそこだから
ウチに来てください」
明子さんに言われるままに、おれは彼女の自宅について行った。
そこは隣家と軒を接した平屋の古い一軒家だった。いわゆる大昔の市営住宅が建
て替えられないまま残っているのだ。
さあどうぞと案内された室内は台所と茶の間、そして襖《ふすま》の向こうに一部屋の２Ｋ
だ。奥に認知症のばあさんが寝ているのだろう。
「手当と言っても、消毒するしか出来ないのですけれど……さあ脱いで」
明子さんは、いつのモノか判らない古びた赤チンを出してきて、おれの全身にあ
る傷に塗ってくれた。
「これじゃ治らないですよね。明日病院に行かないと……」
と言いながら、彼女の顔が接近してきて……目が合って……唇が重なった。その
まま彼女に押されるようにしておれは倒れ込んだ。
「……お礼がしたいんです」
「いや、それは既にお金を預かっているので」

「いいんです。私、怖くて……寂しくて」

こんな状況なので誰とも付き合えていない、このまま歳を取っていくのは辛い、と明子さんは言った。

そう言われて断るほど、おれは清廉潔白でも聖人君子でもないしインポでもない。

彼女はそのまま黙って服を脱いでスリップ姿になった。その下には何も着ていない。

実際の年齢は聞いていないが、おれとそう離れてはいないだろう。そんな彼女からは、ほどよく熟した女性の色香が、むんむんするほど放たれている。危機一髪のあとだけに、余計に興奮しているのかもしれない。

薄い下着に透けて見える肉体は意外にもボリュームがあって、豊かな乳房とヒップが妖しく揺れ動いている。

むっちりとした胸とは対照的に、ウェストや腹部などは引き締まっていて、左右にくねり、と揺らめく腰も見事にくびれている。

切れ長の瞳には妖しい光が宿り、そこにも彼女の意志があらわれている。

「あの……お礼ということだけでカラダを投げ出すんだったら、それは申し訳ないから」

「ねえ、あんまりコドモみたいなこと言わないでくれますか？」

明子さんは言外にお礼「以外」の感情もあることをほのめかした。

明子さんはよく見ると、かなりの美人だ。高く通った鼻筋に締まりのある唇、二重がきれいな目元。顔全体の印象は地味だけど、化粧すれば大化けするタイプなのかもしれない。

そんな彼女の全身からは、むんむんする体温が立ちのぼっている。ようやくおれは理解した。彼女もセックスがしたいのだ。

彼女の目が「やりたくないの？　脱がないの？」と言っているようだったので、おれも服を脱いだ。実は、すでに痛いほど勃起しているのが恥ずかしかったんだけど。

明子さんは、おれの下半身に口を移して、フェラチオする態勢になったが、それは、なんだか申し訳ない。

「あ、あの、それはいいです。なんか、そこまでしてもらうのは悪いから」

「そうなの？」

フーゾクにいくのを決意するのは、それなりの経験があるからか？　あるからなんだろうなあ……勝手に明子さんを、弟思いの純粋な聖なる女性と思い込んでいたおれがバカなだけか……いや別に経験があるから悪いってことじゃないけれど。

明子さんは、再びキスをしてきた。舌をからめながら胸を密着させると、たわわに実ったその果実はむにゅうと変形した。

「いいよね？」

彼女はスリップだけは脱がず、おれに跨《また》がってきた。

騎乗位だ。

おれのモノはするりと彼女の中に吸い込まれた。その中は軟らかくて、温かかった。

上になった彼女の腰が、優雅に淫らにくねくねと揺れ動く。その姿は、息を呑むほどにセクシーだ。

彼女は巨乳だが、腰のラインがとても美しい。熟した腰の曲線は、まさに悩殺的と言っていい。きゅっとくびれた腰がおれを翻弄するように左右に揺れ、下からもっと突き上げろと要求するように前後に蠢く。

女の躰はとても美しいものだと思うが、こうして見ると、この世の中でもっとも淫らなモノでもあるのは確かだ。

外見だけではなく、彼女の『内部』も淫らそのものだった。猫の舌のようにざらついた部分があるかと思えば、波状の肉の模様があって、抽送するおれの先端は、変化に富んだ果肉の味わいにうっとりした。

まろやかな曲線が、しなやかに左右に揺れる。そのたびに、おれは甘くとろけそうな快楽に溺れた。

「ああ、いいわ……」

明子さんも、腰を使いながら、かなり感じているようだ。

「私、だんだん……あ、あはぁ！　イっ、イきそう……」

やがて彼女は小さな声を漏らすと、全身をがくがく震わせはじめた。

それでも声を漏らすまいと必死に唇を噛んで、何かに耐える風情だ。

「奥で……おばあちゃんが寝てるから」

そうなんだ。襖の向こうには、おばあちゃんがいるんだ……。だから明子さんはスリップだけは脱がなかったのか……。

だがこうなったらもう、奥でばあさんが寝ていようが、隣に聞こえようが、最後までいかないとおれも気が済まない。

彼女もいっそう締めてきて、腰を振る。

陶酔のあまり、ついにおれが決壊しようとした、その時。

ガタガタッと音がして玄関の貧相なドアが開いた。逃げたはずの不良二人、リーダーのテツと腰巾着のヨシが乱入してきたのだ。

「何やってるんだ、テメエら！」

おれたちが交わっている姿を見たテツは激昂して、明子さんを無理矢理引き剝がすと、いきなり彼女の頬にビンタを食らわし、その勢いで馬乗りになってしまった。

「コイツにさせるんなら、おれにもさせろ！　思いっきりぶち込んでやる！　今まで我慢してやってたのに、なんでだよ！」

ズボンとパンツを焦って脱ぎ捨てたテツは、明子さんの女陰に股間を宛てがおうとしている。

「そうですよテツさん、やっちゃってイイっすよ、そんな女！」

ヨシが大声で煽り、後から入ってきたリョウがそれを見て固まっている。

「じゃあ入れるぜ！　このクソアマ！」

テツが自分のペニスを押し込もうとしたとき。「明子ぉ、ご飯はどうした？」という声がして、奥の襖がガタガタと開いた。

立っていたのは、ザンバラ髪に白髪の、痩せこけたミイラのような老婆だった。ぺらぺらの寝間着を着て、視線も定かではない。

「じいさんはどこ行った？　腹が減ったよ。何か食べさせておくれ」

今しも孫が強姦《ごうかん》されようとしているのに、老婆は知ったことかという感じで部屋の中に入ってきた。

「あんたら、じいさんの仕事仲間か。よう来なすったな。で、じいさんはどこ行った？」

この老婆は、テツたちを「じいさんの知り合い」と思い込んだようだ。

「ご飯は？　早く何か食べさせておくれ」

そのまま座り込んでしまった。

「……なんだこのボケババァは」

さすがのテツも気を削《そ》がれた様子だ。

「萎えちまったじゃねえか」

テツは明子さんの上から降りて、下半身裸のままアグラをかいた。大事なモノは完全に萎《しお》れている。

「手癖の悪いバカ弟が盗んだ二百万、こうなったらお前に肩代わりしてもらう。じゃないとこっちも格好が付かないからな」

テツは明子さんを脅しにかかった。だけど彼女にはすでに、黒田に渡した百万の借金があるのだ。

「どうせフーゾク行くなら南の離島が金払いイイっすよ。おれツテがあるんで」

話をつけます、とヨシが煽る。

「そんな……私がいなくなったらおばあちゃんの世話はどうするんですか？」

「知るかこんな糞《くそ》ババアのことなんか。テキトーに死ぬだろ。どうせ生きてても仕方がねえ糞ババアじゃねえか」

ひどい、と明子さんは泣き始めた。

不良二人がおれを見た。男なら当然、惚れた女のために何とかしろよな、とそいつらの目が言っている。

「お……おれが。おれがその二百万、払えばいいッスよね？」

「そうだよ。払えるか。お前？」

テツはせせら笑った。

「二百万も持ってんのかよお前？　あ？」

「ないっすけど……その分、働いて」

行きがかり上、おれはタダ働きで返すと宣言するしかなかった。ブラックフィールド探偵社の方はどうするんだ、とか具体的な考えはまったく頭になかった。

「まあいいか」

テツは、ヨシとリョウの顔を見てから返事をした。

「あんまり使えそうもないが、翔太が飛んでウチも人手が足りない。明日からウチに来いや。働かせてやるから」

面目が立ったから引き揚げる、という感じで三人が腰を上げようとしたとき、再び立て付けの悪いドアが開く音がして、今度は黒田社長が顔を出した。なんで今ごろ来るんだよ。

「さっきから聞いとったらお前ら、ウチの若いもんを引き抜く気ィか？」

ヤクザ特有のドスの利いた声に三人はビビッた。「本物が来た」とその顔に書いてある。

「飯倉、これはどういうこっちゃ？　え？」

おれは、これまでの経緯をなるべく簡単に説明した。

「なるほどな。ほな、こいつを貸し出すのはまあ、しゃあないわ。しゃあないけどもや、こっちにもいろいろあるんや。このガキはウチにも借金があるからな。三日間でこいつを生命保険に加入させる。その後やったら煮て食おうが焼いて食おうがお前らの勝手や。それでどや？　あ？　三日ぐらいええやろ？　あ？」

嫌とは言わせない勢いで黒田は迫った。

本物のヤクザの迫力に気圧《けお》されてテツは「あ……ああ」と了承し、全員がコソコソと逃げるように退散して行った。

「ごめんなさい飯倉さん！　お礼をしようと思ったのに、巻き込んでしまって」

明子さんが謝り、黒田はニヤニヤしておれを見た。

「何やその顔は？　ほんまに保険金殺人されると思たか？　心配すんなや。お前にはこの黒田がついとる！」

だからこそ心配なのだが……。

「この三日の間に、お前に特訓を施したる。川に沈められても生還出来るようにな」

そんな特訓をされるより今、逃がしてくれたほうが有り難いのだが……。

＊

翌朝から「特訓」が始まった。場所は近所の河原近くにある公園だ。コーチ役はトレンチコートの男と、彼が連れてきた米国のネイビーシールズの「関係者」と称する男だが、小太りのオタクにしか見えず、ハッキリ言って胡散《うさん》臭い。

　黒田社長とじゅん子さん、あや子さんは、あたかも切腹の「見届け人」のように、高みの見物を決め込んでいる。

「その一。川で溺れないために大切なのは、冷静な状況の評価だ。まずは水中における自らの位置を判断する、三半規管の機能を強化する。いいな！」

「関係者」の号令で訓練が始まった。

　おれは目隠しをされ、公園のブランコに乗せられた。そのまま前後左右に、滅茶苦茶に揺さぶられる。気持ちが悪い。次は公園のジョギングコースを後ろ向きに歩かされた。さらに目隠しをしたまま、ぐるぐる回転させられた直後に片脚で立つ、というほとんど罰ゲームのようなことを次々とやらされた。

　自称「関係者」は手にした本と首っ引きで指導を続けているが、本当にネイビーシールズの関係者なら本は不要じゃないのか？

　トレンチコートの男は、各国特殊部隊にコネがあると大言壮語しているが全然、信用できない。ここにいる自称シールズ「関係者」も実はただのミリオタで実戦経験皆無の、耳学問オタクでしかないいんじゃないのか？

「あの、これ、本当に三半規管とかの強化になるんすかね？」

「もちろんそうだ。いや……そのはずだ。たぶんそうに違いない。だって、この本に書いてあるんだから！」

「まあなあ、三半規管も大事やとは思う。思うけども、や」

今まで高みの見物を決め込んでいた黒田社長がここで口を挟んだ。

「理屈より実践や。昔、ワシが知っとった男でな」

山田《やまだ》、という男がいたのだという。

「東京湾や多摩川《たまがわ》や横浜港《よこはま》に何べん沈めてもそいつは上がってきよった。ドジばっかり踏むボケナスのスカタンで、指詰めるのも面倒やから沈めたろいうことになったんやが……いや、わしが沈めたんとちゃうデ。聞いた話や。あくまでも」

黒田は誤魔化したが、黒田以外の全員がその言葉を信じていないのは、表情からも明らかだった。

「わしが言いたいのは、その山田がどうして何べん沈めても上がってきて『不死身の山田』『アンブレイカブル山田』と呼ばれるようになったか、や。聞きたいか？」

「是非、聞きたいです！」

もはやおれはワラにもすがる思いだ。

「そうか。そのアンブレイカブル山田が言う、水に落とされても生き延びるコツはやな、『決して諦めないこと』や」

真剣に聞いていたおれは、コントのオチのようにズッコケた。

「そんな、歌の文句みたいな……」

「まあ聞けや。水の中で溺れて水死するのはパニックになって水を飲み込んでしまうからや。しかし冷静になれば、自《おの》ずと道は開ける。どうすればいいか考えられるやろ？」

言うだけなら簡単だが。

「水の中で深呼吸はでけんよって『冷静になる呪文』を唱えるそうや。なんでもええ、馬鹿馬鹿しゅうてもいいから唱えるんや。山田は『センテンナムフルホビル』と言うとった」

「おおそれは、自分自身と守護霊が合体できる呪文ですな！」

なぜかトレンチコートの男が反応する。

「もしくは好きな料理の名前『くまモンじるしの醤油をかけた卵かけご飯』でもなんでもエエ。息は止める。水を吸い込むと気管に入って溺れるからな。『素人《しろうと》は水に落とされると悪あがきするが、それもアカン』言うとった。無駄に動くと酸素の消費が増えるそうや。まずは力を抜いて漂う。その間に冷静になって、とにかく浮かび上がる。水中で上下を判断するには、自分の吐いた泡がどっちにいくかを見る。真っ暗でなにも見えん場合は、浮力がどちらに働いているかを感じるんや。ほな、やってみよか」

簡単そうに聞こえるが、実際は極めて難しい。橋の上から川に投げ落とされてみればよく判る。おれは、黒田社長によって、三日間に数え切れないくらい川に落とされて、その都度、救命浮き輪に必死で摑まり……自力で上がってこれたことは一度もなかった。

＊

特訓の三日は無情にも過ぎてしまった。

四日目の早朝、おれはタダ働きするために、テツたちが住む一軒家に赴いた。

家には男が三人、下着姿でゴロゴロしている。掃除もしないからゴミ屋敷みたいになっている。流し台には食った後のカップラーメンや弁当がゴミ捨て場のように山になっていて、最低な環境だ。こんなところにわざわざ出入りしていたという翔太は……。

それを思ったとき、おれはやっと、明子さんの弟・翔太の孤独を感じた。いじめられても、リンチされてもこの連中から離れられなかったのは、ほかに仲間も友達もなく、たったひとつの拠《よ》り所《どころ》を失いたくなかったから、なのかもしれない。

「約束は守ったんだな」

テツはぶっきらぼうに言った。

「今日は昼から仕事だ。で、ここに住み込む以上、生活費は払えよな」

働いた分は丸ごと召し上げられて、さらに生活費まで払うのなら、完全に持ち出しだ。その赤字分は……黒田社長は経費として認めてくれないいんだろうなあ……。

「おい新入り！　おれたち、腹減ってるんだ。なんか作って食わせろ。アサメシを作れ」

そう命じられて冷蔵庫を見ると、いつのモノか判らない卵やソーセージ（古くなって滲み出た脂でヌルヌルしている）しかないので、ぬるぬるソーセージを細かく輪切りにして、玉子焼を作ってみた。材料が腐っているかもしれないが、それでコイツらが食中毒で入院したらいい気味だと思いながら……。

「なんだこれ、妙に臭わねえか？」

テツとヨシは文句を言うくせに、全部食ってしまった。しかしトイレに駆け込む

 こともなく、平気な様子だ。根性が腐ったヤツらは内臓が丈夫なのかもしれない。

時間が来て、テツが運転するオンボロのワンボックスに乗って、現場に向かった。

倒壊寸前の木造オンボロ平屋の解体だ。

これはもう、放っておいても倒れるような建物だったので、技術もへったくれもなく、全員であちこちぶっ叩くうちに家は潰れた。厄介なのは、その残骸をきちんと整理することなのだが、テツとヨシは現場の片隅に座り込んでゲームに興じ、残骸を整理して取りに来たトラックに積み込むのはおれ一人だった。途中で、気の毒に思ったのか、リョウが手伝ってくれたとはいえ。

夕刻。クタクタの汗みどろになって、おれたちは事務所兼、寮の一戸建てに戻った。

だが……。

「ない！　金がないぞ！　ここに入れておいた五十万がない！」

ようやく一息ついたとき、テツが自分のバッグや引き出しをひっくり返して騒ぎ出した。

「ンだよう！　翔太がいなくなったのに、また泥棒がいるのかよ！」

テツは怒りの形相で、自分以外の三人を睨み付けた。

「テツさん。犯人はコイツですよ」

ヨシが、おれを指さした。

「翔太が逃げてから盗みはなかったんだから、新入りのコイツ以外、考えられないでしょ！」

「ちょ……何言ってんスか？　そんな暇なかったし、どこに金があるのかも知らないっス。おれに盗めるわけないっしょ？」

「いいや、お前がやった。そうに決まってる。カネの在《あ》り処《か》は翔太から聞いたんだろ？」

ねじ曲がった根性がそのまま出ている顔を更に歪めて、ヨシがせせら笑った。

「テツさん！　こいつにもヤキ入れましょう。だいたい舐めてますよ、こいつ」

「……そうだな」

外はもう暗い。

こいつらの家からすぐのところに土手があり、その向こうは摺見川だ。

「それじゃ、恒例のミソギをやってもらおうか。向こう岸まで泳いでターンして戻ってこい。そうしたら、金は弁償してもらうが、盗んだことについては、許してやらないでもない」

許さないかもしれないんだから、骨折り損のくたびれ儲けになる率が高いぞ。

おれは、摺見川にかかる橋に連れて行かれ、テツとヨシに抱え上げられて、欄干の上から落とされそうになった。

「約束が違うッス！　泳ぐだけっしょ？」

おれは欄干の手すりにしがみついて叫んだ。

「いや、ここから飛び込んで、向こう岸まで泳ぐんだ。泳ぐのに変わりないだろ？」

「無理っす！　怖いッスよ！」

実際、三日間の特訓で、水に落とされるのがすっかり怖くなってしまった。恐怖を克服するには慣れれば良いというヤツがいるが、怖すぎることに慣れるものではない。ウソだと思ったら自分でやってみればいい。

リョウだけが「やっぱやめましょうよ。こんなに怖がってるし、マズいっすよ」と庇ってくれたが、「なんだお前？　お前も飛び込むか」とテツに凄まれ、黙ってしまった。

「おらおら、素直に落ちれば、すぐ終わるぜ。ぐずぐずしてるから余計に怖くなるんだ」

しかし、こんな寒い夜に、いきなり飛び込んだら心臓麻痺《まひ》で死んでしまうかもしれない。訓練だって昼間しかしていない。

「往生際悪いなお前。嫌なら盗んだ金を出せ」

「金を出しても罪は別って言うんスよね？」

「ま、その通りだな。ミソギはやってもらう」

結局は、このドブ川に飛び込んで泳ぐしかないのだ。

「落ちるのを手伝ってやるよ」

ヨシがヘラヘラ笑いながら、欄干を摑んでいるおれの指を一本一本、剝がしにかかった。

「やっやめろ！　やめてくれェ！」

右手を全部外されて、左手だけで橋からぶら下がる恰好になって……。

それ以上は耐えきれなかった。

ついにおれは橋から落ちた。

が。本当に意外だったのだが、あのろくでもない訓練は無駄ではなかったようだ。

水に突入した瞬間、おれは反射的に「くまモンの卵かけご飯」と何度も唱えていた。

さらに、あの三半規管強化の特訓の効果かどうかは判らないが、じっとしていると、
すっと身体が浮いていくのが判った。

水は、身を切るように冷たいし、服を着たままだからどんどん重くなっていく。

おれは焦らないようにして服を脱いだ。すでに水から顔は出ているので、怖くはない。

服を脱いだら身が軽くなったので、泳げるようになった。

おれが優雅に夜の摺見川を泳いでいる間に、いろいろと動きがあるのが見えた。

河原に見える人影はトレンチコートの男のようだ。橋の上から河原に移動したテツたち三人めがけて、音もなく忍び寄る何者かの姿も見えた。

おれがきっちり泳ぎ切るころには、あの連中がとっちめられるのだ！　それを思うと、おれの全身にアドレナリンが行き渡り、血管を巡るのが判った。冷たさすら感じなくなり、逆にホカホカしてきたほどだ。

対岸に到達して息を整え、元いた岸に戻る。

そんなおれを、三人は河岸から眺めて何ごとかを叫んでいる。

おれが河原に近づくと、三人も上陸地点に移動してきた。

おれがザブザブと歩いて河原に上がると、テツがニヤニヤして言い放った。

「お前、全然応えてねえのかよ。じゃあ、もう一往復だな！」

だが、そこで背後から忍び寄っていた何者かが、いきなりテツを羽交い締めにし、喉元に幅広のナイフのようなものを突きつけた。

全身真っ黒の服に身を包んだ誰かだ。細身の体型からしてシールズおたくの自称「関係者」ではない。流れるような身のこなしも、一切の音を立てない動きも只者《ただもの》とは思えない。

人質に取られたリーダーを見たヨシは慌てて逃げようとしたが、そこで行く手の草むらがざわざわっと揺れ、さらに一人、異様ないでたちの何者かが姿を現した。

ヘルメットに特殊なゴーグルをつけた、こちらも黒ずくめの男だ。そのゴーグルからは、まるで角のように、全部で四つの突起が突き出ている。赤外線レンズと赤外線ライトが左右一つずつの暗視ゴーグルだ、と知ったのは後のことだが、手にした銃らしきものからも、眩《まぶ》しいビームが出ている。サーチライトつきのアサルトライフルだ。

「おうお前ら。逃げたらあの狙撃用ライフルで撃たれるデ。お前らのやったことは全部、赤外線スコープで録画してあるからな」

真打ちのように最後に現れた黒田がドヤ顔で勝ち誇り、三人の不良に宣告した。

「お前らに選ばせたる。今撮った暗視画像をそっくりそのまま警察に渡して、お前らをとっ捕まえてもらうか、わしの知り合いのタコ部屋で働くか。好きなほうを選べ？」

「な……なに言ってるんだ……」

「ああ、もう一つ選択肢はあるで。ざっくり喉をかっ切られて、今ここで死ぬか？　ちょっと痛いけど、すぐに気が遠なって自分が死んだことも判らんようになるで」

「ひ～」

アンモニアの臭いがした。テツのジャージの前が黒く濡れている。恐怖で失禁したのだ。

ヨシも、アサルトライフルの銃口を向けられてへたり込み、恐怖の余りに脱糞《だっぷん》した。

リョウもその場で固まり、身動きも出来ないまま棒立ちになっている。

「おい、あいつら、縛ってんか」

黒田に言われたトレンチコートの男が三人を荒縄でグルグル巻きにして河原に転がした。

「飯倉、ようやった！　いつまでも粗末なチンポコ露出させるな」

あや子さんが走ってきて、全裸のおれにバスローブを着せてくれた。

「これで終了ね」

顔を覆う黒い目出し帽を取ると、テツにナイフを突きつけていたのは、なんとじゅん子さんだった。暗視ゴーグルにアサルトライフルの男は自称「関係者」のミリオタだ。

「ゴム製のナイフでも喉元に突きつけられると、本物と思っちゃうのね」

アサルトライフルもモデルガンだった。

「しかしお前ら。まだ答えを聞いとらんで。二つに一つや。暗視ゴーグルの画像はきっちりあるから、これから警察行くか？　あ？」

「どうか……どうかお願いですから、警察だけは勘弁してください……」

泣きを入れたのはヨシだった。

三人は、タコ部屋を選んだ。

＊

「金を盗んだのは、ヨシだったのね。で、その罪を全部、翔太くんに着せていたわけで」

事務所で、明子さんを相手に、じゅん子さんが経過説明をしている。

「ウチの飯倉くんへのリンチがある以上、ウチとしてもタコ部屋に放り込んでチャラには出来ないので、警察沙汰にしましたけど」

明子さんはそれでいいですと頷いた。

「今回活躍したんは、身ィ張った飯倉だけみたいなモンやけど、三日間の特訓の経費もあるし。けど百万貰《もろ》てしまうのも悪いし……」

黒田社長はおれを見た。

「飯倉。今回の代金、お前が値付けせえ。お前が言うた値段で決めることにする」

突然そんなことを言われても。おれは混乱した。あんまり安い値段にすると、後から黒田にリンチされて東京湾に沈められそうだし、かと言って百万全部取ってしまうと、明子さんがフーゾクに行かなければならなくなる。

「って言うか、ひとつ聞いておきたいことがあるんですが」

「なんや?」

言うてみい、と黒田が顎で促した。

「明子さんから依頼の話を詳しく聞くとき、どうして全員、いなくなったんですか？　まるでおれに仕事を押しつけるみたいに」

「だって実際仕事を押し……」

あや子さんの口を黒田社長は塞いで、慌てて言い添えた。

「お前を成長させるためや。この件はお前が受けてお前が仕切る。そうすることによって、指示待ち人間から能動的に、自分のアタマで考えて動ける人間になれるんや」

黒田のご高説を、じゅん子さんは俯《うつむ》いて聞いているが、肩が小刻みに揺れている。

「で、今回お前は見事になんとかやった。後半のアシストはあったとはいえ。せやから、今回の件、お前が値付けせえ！」

「いやそんな……ハッキリ言って、おれ……私情が入るっスよ？」

「この際、入れたらエエがな。しかし、お前が私情を挟む前に、言うとくことがある」

黒田は明子さんに目配《めくば》せした。

「あの……私、好きな人がいるんです」

その言葉を聞いたおれは、いきなり動悸《どうき》が加速し、顔が赤くなるのが自分でも判った。だったら、今回はゼロ円にして、そのぶん、次の仕事でおれが頑張ることにして……。

「私、あの三人の中のリョウくんが好きで」

「えっ？」

おれは目を剝いた。顎が外れそうなほどにあんぐりと口も開いてしまった。

「少年院か少年刑務所か判りませんけど、彼が出てくるのを待ちます。リンチをやめさせようとしていたので罪が軽くなりそうですし」

黒田がニヤニヤしておれを見た。

「だからちゅうて、明子さんをフーゾクに売り飛ばせるか？　お前」

おれは、返答に窮した。

「……あ、あの、じゅん子さんって、以前、なにやってたんですか？　普通の事務員とかじゃないんでしょう？」

咄嗟におれは話題を変えた。時間稼ぎだ。とはいえ、じゅん子さんの前身はとても気になる。

「やっぱりあっち系ですか？　外人部隊とか？」

「まさか。冗談でしょ！　でもまあ当たらずといえども遠からずかもね。飯倉くん、WACって知ってる？　知らないならいいけど」

良くは判らないが、じゅん子さんには「関係者」レベルではなくミリタリーの、それもバリバリの当事者だった過去があるらしいことを匂わせた。

「だから、あの二人のニセモノぶりが可笑《おか》しくってもう……」

ミリオタ男とトレンチコートの男がおれにほどこす訓練とウンチクに内心、大爆笑していたのだそうだ。

「そもそもあの体型で着られるシールズの軍服があったことが驚きよね。モデルガンは本物っぽかったけど銃口管理がなってないし」

じゅん子さんの駄目出しは止まらない。

その間におれは、明子さんにいくら請求したものか、必死で考え続けていた……。

第四話　ブルーシートは危険な香り

地元の由緒ある料亭で、あたしは婚約を祝って貰っていた。と言っても、彼女たち中学の同級生を招待したのはあたしなんだけど。

「英玲奈《えれな》おめでとう。ヒデオ君と結婚なんて羨ましいな。でもどうして？　中学時代、ヒデオ君はあんなにアプローチしてたのに、英玲奈は振って振って振りまくってたじゃん？」

友人代表でスピーチする予定になっているさち子《こ》が言った。

上品なお座敷から、ライトアップされた日本庭園が見える。おめでとうと言いながら、さち子の口調にも目の光にも、嫉妬が現れている。

あたしはウットリした。嫉妬されるって、いつものことながらなんて気持ちいいんだろう。

八寸が運ばれてきた。

紺のお仕着せをキリッと着こなした仲居さんが、「お嬢さま、このたびは本当におめでとうございます」と両手をついてお祝いの言葉を述べてから、金銀の豪華な模様の入った和皿を並べてくれる。

皿の上に載っているのはこのあたりの名産の枇杷《びわ》や伊勢《いせ》エビなどを使ったものだ。ここはあたしの実家がよく使ってあげている、地元でも一流の老舗《しにせ》料亭だ。あたしは子供のころから毎週のように連れて来てもらっているけど、さち子たちみたいな一般家庭の子たちは足を踏み入れたこともないだろう。

さち子が内心、あたしに対して嫉妬で身悶えしていることは、そのねっとりした物の言い方で判る。

「さっき挨拶に来たの、ここの女将《おかみ》さんでしょう？　うちを使っていただけるそうでありがとうございますって言ってたけど、二次会ここでやるの？　私たち聞いてないけど」

「ああそれはね」

おっとりと微笑みつつ、あたしは内心ゾクゾクした。

「彼の会社の偉い人とか、若い幹部候補生とか、そういう人たちに、ここであたしをお披露目するんですって。さち子たちとの二次会にはもっと……カジュアルなカフェを予約したから。彼の会社で営業をやってる、若手でノリのいい人たちを呼んであるの」

期待してね、と言いながらあたしはさち子たちの表情を観察した。

思ったとおり、全員ががっかりして、悔しさを隠しきれない様子だ。

お気の毒さま。あんたたちが彼の会社のエリートを狙ってることくらいお見通しなのだ。でも頒《わ》けてなんかやらない。

『英玲奈、お前は良い子だけど、もうちょっと、お友達にも親切にしたらどうかねえ』

おばあちゃんの言葉を思い出した。小学生の頃、ウチに遊びに来た友達にあり余るオモチャやアクセサリーを見せるだけ見せびらかして、全然触らせもしなかったような時に、おばあちゃんはよくそう言ってたっけ。

「こちらナマダの豆乳鍋になります。煮立ったら召し上がってくださいね」

銀色のボウルに水菜やナマダ（別名ウツボ）の切り身が盛り合わせてある。その下のコンロに、袂《たもと》を押さえた仲居さんが火を入れた。

「これ、コラーゲンたっぷりでお肌にいいのよ！　食べて食べて」

あたしはみんなに勧めたが、さち子は、豆乳鍋などそっちのけでなおも追及してきた。

「ねえねえ、そう言えば英玲奈、どうして地元に戻ってきたの？　こんな田舎《いなか》、絶対イヤだって言ってなかった？　英玲奈は東京で、もっと華やかな仕事に就くだろうって、みんな思ってたのに。ねえ、もったいなくない？　結婚してただの専業主婦になるなんて」

いえヒデオくんが旦那さんとして駄目とかそんな意味じゃないけど、と取ってつけたように言うところがイヤらしい。やっぱりこの女、性格悪い。

その時、座敷の外が騒がしくなった。

「英玲奈！　そこにいるんだろう？　お前の実家で聞いてきたんだ！　頼む。大至急、話さなくちゃならないことがあるんだ！」

え？　あの声は……まさかあいつ？　どうしてあいつがこんなところにいるの？　あいつとはとっくに切れたはずなのに。しかもタイミング最悪な、こんな時に！

「困ります！　どうかお引き取りください！」

外からは仲居さんとあいつが激しく言い争う声が聞こえてくる。

「英玲奈、おれ、困っているんだよ。警察が来たんだ。妙な刑事にずっと付きまとわれてる。お前から警察に言ってくれよ。おれはあの女に何もしてないって。クスリを手に入れたのはお前だって」

「黙れ！」と叫びそうになる声を必死で押し殺した。今すぐ廊下に飛び出して、しつこいあの男を蹴り飛ばしてやりたい。

……まずい。まさか「あのこと」が今になって蒸し返されるなんて……。

そもそも「あの女」が憎たらしいほどの巨乳だったことがいけないのだ。あいつが二股をかけたあの女が、あんなオバサンでさえなければ、そしてあいつがグズグズせずにすぐにあたしを選んでさえいれば、わざわざ睡眠薬を入手して、あいつに渡すなんてこともしなかった。しかも、そのことであたし自身、とんでもなく不愉快な思いをすることになったんだし……。

「ねえ英玲奈、あれ、一体誰？」

さち子がさっそく食いついてきた。目をきらきら輝かせて前のめりになっている。獲物を追い詰めたエイリアンみたいだ。今にもヨダレが口元から垂れ落ちてきそう。

「廊下にいるヒト、東京の男の人？　もしかしてアレ？　英玲奈が前に付き合ってたっていう、御曹司の人？　お母さんがセレブの」

この女は、なんでこんなに無駄にカンがいいのだろう。

また外から情けない声が聞こえた。

「英玲奈、頼むよ！　おれはお前に言われたからやっただけ、全部お前の希望どおりにしただけだって、警察に証言してくれよっ！」

口走る言葉がどんどんヤバくなってくる。今すぐ黙らせなければ。あの、忌まわしいブルーシートの中身とか、そういうことまで喋《しゃべ》り散らす前に何とかしないと。

だが。

「今さら知らん顔するつもりかよ！　お前だって共犯なんだぞ。お前のマンションに一か月、『あれ』があったんだ。知らなかったじゃ通らないぞ！」

身を乗り出しているさち子に、あたしは静かに言った。

「ごめん。気にしないで。人違いだから」

そう言って無関係を装いつつ、仕方なく、口封じのために妥協案を出した。

「それより、さち子。あなたたちのこともやっぱり、この料亭での二次会に招待するべきだって今、気がついたんだけど。だから……」

それを待っていた、というようにさち子が大きく頷いた。

「判ってるよ。私たち親友だもの。英玲奈は可愛いから、頭のおかしいストーカーとかに付きまとわれちゃってるんだよね。誰にも言わないから、きちんと話してきたら？」

そう言ってさち子は襖に目を遣った。

「ありがとう。ちょっと外すね」

あたしは立ち上がって廊下に向かいながら、いろいろ思い出していた。

こんなしつこい男、どこが良かったのだろう？　そもそもアイツの母親が、あたしの憧れの職業……有名企業の広報ウーマンでさえなければ、間違っても結婚の約束なんかすることはなかったのだ。

この情けない男・佐々木《ささき》和男《かずお》の母親は、今をときめく人材派遣会社「テンプラスタッフ」の広報担当取締役だ。有能なキャリアウーマンとして、テレビで彼女の顔を見ない週はない。都内の高級住宅地に大邸宅を構え、ご主人もそれなりの社会的ステータスというゴージャスでセレブなライフスタイルは、就活女子の憧れの的だった。

佐々木和男自身も美人の母親似のイケメンで背が高い。潤沢なお小遣いに物を言わせてファッションにも気を遣い、メンズのモデルみたいな外見だ。そう。外見だけはイケてたのだ。それに目が眩《くら》んだあたしがバカだった……。

こいつと一緒になれば都内の一等地に住むことができて、おまけにセレブな一族に連《つら》なる生活ができる！　それは、実家がお金持ちではあるけれど地方出身のあたしには、喉から手が出るほど欲しいステータスだった。

けれども、その時のあたしには判らなかった。実は和男が無職で、母親から身を固めるようキツく言われて焦っていた……なんて。地方の金持ちの娘婿というステータスを、こいつが喉から手が出るほど欲しがっていたことも。

廊下に出ると座敷の前で、とっくに別れたあいつ、佐々木和男がへたり込んでいた。涙と鼻水で顔がぐちゃぐちゃだ。

「ああよかった英玲奈……頼むよマジで……」

「困るのよ今さら。迷惑なのよ！　あんたとはとっくに別れたはずでしょ！」

あたしは声を押し殺し、和男を睨みつけて言った。

「わ、別れてねえよ。ちょっと距離を置くだけって話だったろ……ほとぼりが冷めるまで」

和男はなおもあたしにへばりついてくる。

「あんなことがあったのに？　空気読んでよ」

「外に刑事が……ずっと尾行されてるんだよ」

あたしがこの男を蹴り飛ばそうとしたとき、女将が間に入った。

「ここじゃあれですからこちらで」

女将は事態を察して別室を用意してくれた。

和男がにじり寄ってくるのが、鳥肌立つほど気持ち悪い。

こんなに情けない奴なのに、どうしてあの時は、絶対に別れないと思ったのだろう？

たぶんそれは、あたしが意地になったせいだ。こいつが二股をかけたのが、あたしとは比較にならない下流貧困ババアで、それなのに巨乳で色っぽくて……女として負けそうなのがどうしても認められなかったからだ。

あの時、キレて叫んだあたし自身の声が、耳の中にわんわんと谺《こだま》した。

『あんな取り柄のないオッパイ年増、さっさと別れなさいよ！　あたしのほうがずっと若くてきれいで家だってお金持ちなのに、ナニ血迷ってるのよ！　意気地《いくじ》なしっ』

同時に、あたしがこいつに渡した睡眠薬のシートパックの銀色と、その後あたしのマンションに運び込まれた醜い包みの青色までが生々しくフラッシュバックした。

もうイヤだ。この分だと一番思い出したくないもの……あの「臭い」までがまざまざと鼻孔に蘇《よみがえ》ってしまいそうだ。

「とにかくあんたとはもう終わったの。あたし結婚するんだから。もう付きまとわないで！」

「そんな……おれにあんなことさせといて、お前は結婚かよ！　聞いてねえよ」

とにかくこいつをなんとかしないと。さもなくば、結婚を控えたあたしの人生がメチャクチャになってしまう……。

＊

おれの名は飯倉良一。東京にある「ブラックフィールド探偵社」の有能な探偵だ。今までに数々の事件を解決し、幾多の難問を解いてきた。それもすべて、おれの知性と推理力と行動力によるものだ。社長の黒田は、そんなおれに頼り切っていて、今日もトラブルを持ち込んできた。自ら運転する軽トラックをおれのボロマンションの前に駐《と》めると、言った。

「荷台の荷物を降ろしてお前の部屋に搬入する。そっちの端を持てや。オラ、さっさと動かんかいワレ！」

強面《こわもて》で武闘派ヤクザそのものの黒田は、猪首にゴールドのチェーンをチャラチャラいわせながら、有能な探偵であるおれの頭を無造作にバシッとド突いた。

「ニヒルな笑みを浮かべるの百年早いど、ワレ！」

荷台の上にある荷物は二メートル弱の長さで幅は数十センチ、木のパレットに載せられていて、ブルーシートで覆われた上からロープを掛けられている。

「おら、しっかり持たんかい、ボケ！」

言われた通りにパレットの端を持ったが、ずっしりと重い。数十キロはありそうだ。

巨大な荷物は何やら湿っていてシートの周囲には水が溜まっているし、塩素のような匂いもする。それをマンションの浴室に運びこみ、更にトラックからクーラーボックスも部屋に搬入したところで、社長の黒田はおれに「お前は一時間ほど出とれ」と言った。

「これがあると都合の悪い人らがおるんや。その人らのためにワシはこれを預かって、少しずつ、目立たんように処分する。昔、埼玉のほうで何人も殺した外道がおったやろ？　そいつがなかなかお縄にならんかったのは、綺麗に証拠を消したからや。『ボデーは透明』って飯倉、お前は知らんやろな」

と、意味不明なことを言った。

社長はいったい何をするつもりなのか。たぶん、真相は知らないほうがいいのだろう。

不気味に思いつつマンションの前に出ると、黒ずくめの服を着た集団に、いきなり取り囲まれた。全員が白人だ。

全員がお揃いの黒いニットキャップに、黒いパーカ姿だ。帽子にも服にも、おどろおどろしいドクロの模様と、英語のロゴが入っている。この人たちはロックバンドか何かの関係者か？　デスメタルとか、その系統の。

いきなり英語でまくし立てられた。

「ユー、＃＄％＆！〟＃＠＊＋！」

一番攻撃的なのがブルネットの白人のおねえさんだ。何を言ってるのか全然判らないが、おれに指を突きつけてガンガン怒鳴る。ひどく腹を立てているらしいことは、おねえさんの表情がやたら恐ろしいからおれにも判る。しかも別の一人がカメラを構えておれの反応を撮影しているではないか。

「あの～勝手に人の顔を撮らないで貰えます？　おれにも肖像権っつーものはあるので」

日本語でそう言うと、白人のおねえさんはいっそう怒りが沸騰した様子で、キラーとかファッキンとかおれを糾弾してくる。

キラー？　おれ、殺人者とかじゃないんスけど……。

呆気《あっけ》にとられて困惑するばかりのおれが立ち往生しているところに、目つきの悪い中年男性がやってきた。コイツもおれを罵倒しに来たのかと思ったら、面長で狂信的な目つきのその男は黒い手帳を取り出した。謎の外国人集団はそれを見るや、逃げるように立ち去った。

「私は警視庁捜査一課の、氏政《うじまさ》と言うんだが」

ああ警察のヒトかとおれは一安心したが……だが、刑事らしいこのヒトもなぜか最初からおれに当たりがキツい。

「あんたの勤め先の社長は、この男で間違いないか？」

氏政と名乗った男は、おれに写真を突きつけた。

「監視カメラに映った映像だ」

粒子が粗くて見づらいが、シルエットからして黒田社長に間違いない人物が、もう一人の誰かと荷物を運んでいる様子が写っている。今日おれが運ばされたのと同じ、ブルーシートがかけられた大きな荷物だ。

「オイお前。言っておくが、おれに隠し立てすると為《ため》にならんぞ。お前の雇い主にかけられてる容疑は……聞いて驚くな」

氏政は芝居っ気たっぷりに一呼吸おいた。「殺人だ。この事件をもう三年追っている」

「ひえええっ」

思わず悲鳴を上げてしまった。黒田社長が殺人に関与していた？　そりゃいろいろ悪事も働くが、今まではセコいチョロマカシばかりだ。殺人という凄い犯罪を、見てくれだけはゴツイが小悪党の黒田がやるはずが……いや、元はヤクザなんだし、やらないとは……。

「信じられないって顔だな？　え？　だがな、教えといてやる。犯罪は、犯しそうもない奴がやるものだ。実直な経理マンは横領するし真面目なスポーツマンは強姦するしゴキブリも潰せないいたいけな主婦が夫を殺す。世の中、そんなもんだ」

氏政は凶悪な目でおれを睨《ね》めつけた。

「あんなヤクザ崩れ、信用してるとお前も寝首かかれるぞ。危ねえあぶねえ」

そう言い捨てると、氏政は去って行った。

これは警告だったのか？　それとも……？

刑事の真意が判らないおれは呆然としたが……バスルームに運び込んだブルーシートの中身が気になってきた。しかも社長は「一時間ほど出とれ」と言ったのだ。

なにかある。あの黒田のことだ。全く何も無いはずがない。しかし、黒田に訊くのは恐ろしい。世の中には知らない方が……。

「ナニぶつぶつ言うとるんや?」

だしぬけに背中をドンと叩かれたので、おれは飛び上がった。

「終わったで。せやけど、風呂場に入るなよ」

「いやしかし……それだとおれは風呂に入れないんで」

「妙齢のおねえちゃんみたいなこと言うな!　二、三日風呂に入れんから言うて死にはせん。だいたいお前が如き小童《こわっぱ》が毎日風呂に入ろうと思うのが間違っとる。弁《わきま》えんかい!」

判ったな?　とドスを利かせて、黒田は軽トラに乗って行ってしまった。

部屋に戻ったが……バスルームが気になる。気にはなるが……怖い。真相を知ってしまうのが怖い。それでも気になる。なんせ刑事が嗅ぎ回っているのだ。

不安が抑えられないおれは、思い切ってバスルームのドアを開けて、中を覗き込んでみた。

例のブルーシートに包まれた「なにか」はそこにあった。だが、やっぱり……。

おれには、それ以上何も出来なかった。さっきの刑事が言った「殺人」という言葉が頭の中に反響して、ブルーシートを剥がしてみる勇気が、どうしても出なかったのだ。

数日の間に、おれの部屋のバスルームにある例の包みは、黒田が出入りするたびにどんどん小さくなっていった。

包みがついに消滅した日の早朝、寝ているおれを叩き起こした社長は、バスルームに入ったまま、一時間ほど出て来なかった。

中で何をしているのか？

「社長？」

ノックしようとしたら、いきなりドアが開いた。黒田の手には折りたたんだブルーシートと空になった保冷バッグがあった。

「風呂使《つこ》うてもエエで。ときにお前、ごっつうクサいな。きょうびのホームレスより臭う」

そう言って社長はふてぶてしく笑ったが……消滅してしまったアレは、一体どうなってしまったのだろう？

真相を知るのは怖いので、スルーすることに決めたおれだが、黒田から何かの肉の入ったタッパーを渡された。

「これ、事務所の冷蔵庫に入れとけ。ワシが処理するさかい、あや子には手ェつけんようよう言うとくんやで。ええな？」

「！」

これは……これはこれはこれは、もしかすると……この肉は……もしかして。

いやいや、いくらなんでもそんなことは。

正体不明の肉が入ったタッパーをとても正視出来ないおれは、慌てて古新聞で包んだ。

ちょっと寄るところがあると言って、黒田は出ていった。

仕方がない……。

とりあえずシャワーを浴び、問題のタッパーを持ったおれが事務所に出勤すると、依頼人がいた。若い女性と老女がソファに座って話し込んでいる。

若い女性は、とても可愛い。白く輝くパールのネックレスをレースの胸元に飾り、ピンクの上品なスーツもとても高そうだ。小さな白い革のバッグを可愛い膝小僧の上に置いている。バッグの金具はCの形が二つ。まっすぐなロングヘアもツヤツヤ、お化粧も濃くなくて、まさに「一目惚れ」してしまいそうな、絵に描いたようなお嬢さまだ。

　話を聞いているのは、才色兼備の上原じゅん子さんと、社長の愛人のあや子さん。あや子さんは今日もキャミソールみたいなスケスケの服を着て、依頼人にお茶を出そうとしていた。

「こちら、北上《きたかみ》英玲奈さんとおばあさまの北上ウメさん。英玲奈さんの結婚が決まったのに昔の男に付きまとわれて困っている、何とか排除してほしいというご相談です」

　短くまとめたじゅん子さんに、老女が付け足した。

「孫のこの子の式の日取りも決まっておるんじゃけど、この子に一方的に懸想《けそう》した男が野良犬みたいにうろつきましての。この子はほんとに良い子なのに、運悪く悪い虫に目をつけられて、不憫《ふびん》でなりませんのじゃ」

　嘆く祖母の横で英玲奈さんは俯き、肩を落としている。こんな美人が困り果てていれば、誰だって助けてあげたいと思う。男なら。

　というか、この仕事はどうせおれがやることになるのだから、今後彼女とは何度も会うことになる。おれは内心喜んだ。一日会ったその日から恋の花咲くこともある、と言うではないか……。

詳しく話を聞く前に、古新聞に包んだタッパーを冷蔵庫に入れることにした。キッチン兼用の湯沸室に行くと、あや子さんが「お茶を淹れるから」と言いながら入ってきた。そして「あの女、食わせ物だよ」と、おれの心を見透かしたようにいきなり囁いた。

「え？」

「だから男はああいう可愛い皮を被《かぶ》った女に弱いからダメなの。ウワベに騙されちゃダメだよ飯倉くん。あの女はヤバいよ」

あや子さんがおれにぴったりと密着して耳元でヒソヒソしてくれるのは嬉しいが、依頼人に聞こえるのではないかとハラハラしてしまう。

「いや、あや子さんは……ちょっと人を見る目がシビアすぎるんじゃないっすか？」

あや子さんは呆れたようにおれを見た。

「仕方ないね。でも飯倉くん、女に騙されて野垂れ死にする相が出てるよ。気をつけて」

そう言い捨てて、あや子さんはお茶を運んでいった。

何となく出て行きにくくなったおれは、湯沸室でコーヒーを飲むことにした。

じゅん子さんは冷静に事情を訊いている。

「その佐々木和男という男は、一方的に英玲奈さんに付きまとうストーカーなんですか？　調査の都合がありますから、正直に答えてください」

「いえ……一方的ということじゃなくて。あたしは以前、その男と付き合ってたんです。でも、二股されてたことが判ったので別れました。二股していた相手の女というのがあたしと比べてランク外っていうか、比較に値しない女だったので、こんな女と天秤にかけられたのかと思うと、許せなくて」

「と、いうと？」

「あたしよりずいぶん年上のおばさんだったんです。なーんの取り柄もない底辺で。彼も彼で、そんな女に惹《ひ》かれるなんて趣味悪いとしか思えなくなって。よく考えたら全然大した男じゃなかったし……親がセレブなだけが取り柄っていうか」

「セレブ、とおっしゃいますと？」

　じゅん子さんの声が聞こえてくる。ごくごくさりげない質問だが、一緒に仕事をして長いおれには判る。じゅん子さんが何かに気がついて緊張していることが。ほんのわずか、声のトーンが低い。

「ご存じかどうか知りませんが、あのネット転職支援企業テンプラスタッフ、あそこの広報担当取締役をやってる佐々木禮子《れいこ》。有名人ですよね？　その人の息子さん

「別れたのが……三年前のことですね？」

じゅん子さんの声はあくまでも平静だが、おれには、そのかすかな震えから、じゅん子さんの顔色が変わっていることが判った。

そこからボソボソと小声になって話が続き、「ではよろしく」と着手金五十万円を置いて、依頼人二人は帰って行った。

おれは湯沸室から出て自分の席に行き、仕事をしてるそぶりでマンガを読んでいた。

じゅん子さんはノートパソコンを操作したり何本か電話をかけたりしていたが、通話を終えると、おれに住所と名前を書いたメモを滑らせて寄越した。

「ほらサボってないで仕事仕事！　飯倉くんはこの人……内田圭子《うちだけいこ》さんに会ってきて。この人には沙香《さやか》ちゃんというお子さんがいて」

一方的に説明を始めたじゅん子さんに、おれは「ちょっと待って」とストップを掛けた。

「仕事って、さっきの依頼じゃないんスか？　北上英玲奈さんのストーカーをなんとかするんじゃ？」

「あなたは言われたことだけやってればいいの！　そっちは社長と私でなんとかするから」

ぴしゃりと言ったじゅん子さんの迫力に、おれは恐怖した。

「なんとかするって……それは、まさかそのストーカーが、その……ブルーシートの荷物になるって意味では……」

「なーにワケ判んないこと言ってるのよ！」

呆れたような視線が返ってきた。

しかし……あの依頼人がなんとかして欲しいと言った男もブルーシートに包まれて少しずつ嵩《かさ》が小さくなっていくんじゃないのか？　先ほどまで、おれのマンションの浴室にあった物体のように……。

想像しただけで気分が悪くなり、めまいがしてきたが、じゅん子さんは気にも留めない。

「いい？　説明を続けるよ。詳しくは言えないけど、その内田圭子さんという人が現在、非常に危険な状況にあるわけ。だからその人の逃亡を手助けして、安全な場所まで送り届ける、それが今回の飯倉くんのお仕事だから。もちろん、お子さんも一緒にね」

親子が身を隠す場所は用意した、とじゅん子さんは言った。

「いわゆる『情報断食道場』。SNSやLINEでのやりとりに疲れた人たちがそこに身を寄せて、携帯はもちろんPCテレビラジオ新聞雑誌など、あらゆるメディアと情報を遮断して、心身の回復を図る場所なの」

そこは電波も届かないとんでもない山中にあるらしい。施設利用料は一か月五十万円で話をつけた、と聞かされておれはぶっ飛んだ。

「え？　どうして、わざわざそんな場所に身を隠すんですか？　普通の旅館とかウィークリーマンションみたいなところじゃダメなんスか？」

「私はいろいろ考えて決めてるの。言うとおりにして頂戴《ちょうだい》！」

＊

お昼過ぎにおれが訪ねた内田圭子さんのアパートは、池袋《いけぶくろ》から少し外れた、ワンルームマンションが建ち並ぶ地域の、奥まったところにあった。

ノックしようとしたドアが開いて、ニットキャップにマスクとサングラス姿の女性が、かわいい女の子の手を引いて出てきた。このお母さんは花粉症なのだろうか。

「内田さんですか？　あの、ブラックフィールド探偵社から来たんですけど」

相手の女性は一瞬顔を強ばらせたが、外出を止めておれを室内に招き入れてくれた。

こぢんまりとした1DK。部屋の中は片付いている、というか、家具がほとんどない。

テーブル兼用のコタツがあって、内田圭子さんはお茶を出してくれた。

「私たち、誰にも会わないようにして顔も見られないようにして、外出の時も、こうして顔を隠してるんです」

圭子さんがマスクを外し上着を脱ぐと、予想外に美形の顔と、スタイルの良いカラダが現れた。化粧っ気のないスッピンだけど、きっちりお化粧したら見違えるんじゃないかと、女性とのお付き合いが少ないおれにも思えた。

「養育費はこの子の父親から一括で受け取っただけで、とても足りないのですが……幸い誰にも顔を見られずに働ける場所を紹介してもらえたので、なんとか生活は出来てます。探偵社の方ならご承知でしょうけど、私たちは事情があって『怖い人たち』から逃げているので、こんな風に、ひっそりと隠れるように暮らしてるんです」

そう言われたが、おれはじゅん子さんから詳しいことは訊いていない。

「近くの中華料理店の厨房《ちゅうぼう》で働いているんです」

特別な計らいで仕事は厨房の奥だけ、しかも店主も同僚も外国人だけ、とのことだった。

「オーナーのヤンさんが親切な人で、私の事情も判ってくれて、接客はしなくていいことにしてもらえたので」

ヤンさん？　中華料理店のオーナー？　おれは思い出した。それは黒田の知り合いだ。以前の仕事で、ロクでもない派遣会社の現場担当を〆《しめ》るためにチャイナマフィアのフリをしてもらった、あの中華屋のオヤジのことだろう。

「沙香が小学校に入学する歳になったので、この生活に区切りをつけたいと思っていたのですけれど、まだダメなんでしょうか？」

と、彼女は不安そうに言った。

「住民票は移していないので、今住んでいる場所からは少し離れた学区の小学校になりますけど、それでも入学式は、この子がとっても楽しみにしているんです」

キッチンの床では可愛らしい沙香ちゃんが一人でお絵かきをして遊んでいる。壁には、この子が描いたらしいクレヨンの「いちねんせいになったら」という自画像が貼ってあった。

え？　小学一年生？　入学式？　聞いてないよ、とおれは動揺した。さしあたり一か月、これから親子が身を隠すとしたら、この子は当然、入学式にも出られなくなってしまう。

「こんなこと本当に言いにくいんスけど……」

おれはおそるおそる切り出した。無心に遊ぶ沙香ちゃんのための真新しい学習机、その脇にさげられたぴかぴかの赤いランドセルが目に痛くて、おれの心も痛くなった。

「今すぐここを離れて、最低でも一か月、身を隠す必要があるんです。場所と費用はこちらで用意しました」

「なぜ……なぜなんですか？　沙香を認知してもらうのも諦めたのに、入学式にも出られないんですか？　まだ、危険なんですね？」

圭子さんは明らかに取り乱している。

「いつまで我慢すれば……。私はいいんです。けど、この子まで学校に行けなくなるなんて……そんな」

おれは仕方なく、じゅん子さんから教えられたとおりのことを口にした。

「実は……前回と同じ組織が動いていて」

そう言うと、圭子さんの顔色が変わった。

何も言わずに立ち上がり、慌ただしく荷物をまとめ始めた。押し入れからスーツケースを出すと身の回りのモノを手早く詰め込んで、なんと、わずか二十分で用意が整った。

「行きましょう！」

圭子さんは沙香ちゃんの手を引いて外に出ると、家のカギを閉めた。

なんという手際の良さ！

おれは驚いた。逃亡生活に慣れきっているのだろう……。事情は判らないながら、この親子が猛烈に気の毒になった。

おれが運転する車の中で、圭子さんは身の上を語り始めた。沙香ちゃんはうしろの席のチャイルドシートでぬいぐるみにお歌を歌って聞かせている。

「この子の父親とは長い付き合いだったんです。でも、彼のご両親に反対されて。学歴が中卒で、親も実家もなくて、おまけに年上でキャバ嬢だった私じゃ、当たり前ですよね」

「ねえママ、スカイツリーが見えるよ！」

沙香ちゃんが身を乗り出し、母親に話しかけた。女の子は彼女に似て可愛い。柔らかそうな髪の毛も編み込みの、手の掛かった髪型に整えられている。せっけんと、甘いミルクのような匂いがした。

車は、首都高を北に向かっている。

「彼のことはほんとうに好きだったのに……」

彼女の声が震えた。

「気の毒な人なんです。ご家族の中でも、あの人だけが勉強ができなくて。初めて会った時にすぐ判りました。この人、無理をしてるって」

彼女が勤めていたキャバクラに客としてやってきた。それが出会いだったと圭子さんは言った。

彼女は誰もが知っている名門私立の名前を挙げた。

「そこの、小学校から大学卒業まで、ずっと一緒だったというお友達と一緒でした。彼はお友達から、お前まだ就職決まらないのかよ、と突っ込まれてました。でも身につけてるものは、彼が一番お金がかかっていたんです」

お客さんの時計や財布、靴を見ればどのくらいの値段のものか、私たちキャバ嬢はすぐ判る、と彼女は言った。

「お友達が全員スーツ姿なのに、彼だけはラッパーみたいな派手なジャージの上下で。でもシルバーのアクセサリーも含めて全部ブランドで、ああお金持ちなんだなって思いました。お友達からも、お前は実家がしっかりしてるから、おれたちみたくあくせく就職する必要がなくていいよなって」

そんなことない、外資からオファーが来ているけど視野を広げたほうがいいから大学院に進学するんだ、って彼は余裕を見せてましたけど、ほんとうは焦っているのが丸判りで……と、彼女は思い出すように語った。

「お金持ちだからみんなに奢るのかと思ったら……いざお勘定がきて割り勘って話になったら急に青ざめて。おれ現金は持ち歩かない主義で、カードもちょうど切り替え中でってミエミエの言い訳をするんです。お友達のほうが気を遣って、今日はお前はいいよ、おれたちに初任給出たお祝いだからって……彼、なんとも言えない顔をしてました。ホッとしたのと侮辱されたショックが半々みたいな」

圭子さんはどうしてそんな男に同情してしまったのだろうか。

「だって気の毒じゃないですか。彼のまわり、ご両親も兄弟も親戚も、お友達まで、全員が彼より優秀なんですよ?」

それならおれにも少しは判る。おれも姉貴が優秀で、両親と姉貴に「お前はダメだ、バカだ、なってない」と呪文のように繰り返されて育ってきたんだから。

その彼はもう二度と来ないかと思っていたのに、数日後、今度は一人で来店したのだという。

「今度はカードを使ってフルーツとかいろいろ頼んでました。わざとらしく携帯で話してみたり。ああその指し値でいいから売っちゃってとか、ニューヨーク市場がどうとか、おれの電話一本で相場が動くんだとか……。痛々しかったです。だって、その日は土曜日だったから」

こんなにカード切ったら親御さんに後で叱られるだろうなと心配になり、あまりお金を使わないほうがいいよとさりげなく気を遣ったら彼に縋《すが》られてしまった、と彼女は言った。

「お店のほかの女の子たちは……みんな人を見る目があるんですね。ああいうのはダメよねえって。実力のない男って深入りすると面倒なことになるから、あたしはパスって、全員がとおりいっぺんの対応で」

席についた時は高いドリンクをおねだりして、仁義なくムシりにかかっていたのにね、と彼女は苦笑した。

同情心からなるようになってしまい、やがて子供もできて、迷惑はかけないし認知もしなくていいから産みたいと彼女は頼み、彼も駄目だとは言わなかった。

「私にはこの子がいて、彼と時々会えればそれで満足でした。頼まれれば無理のない範囲で彼にお金も渡していました。その頃、お母様から彼、『いい加減にスネをかじるのをやめて働きなさい』とキツく言われていたみたいだったので」

彼に生活力のないことは判っていたから、と彼女があまりにも自然に言ったので、おれは叫びたくなった。それは違うっしょと。

「あの……お金を言いなりに渡してたから、いつまでも働かなかったと思うんスけど」

「そうですよね。私のせいなんです。私が彼を駄目にしてしまったんです。あげくに浮気までされて」

彼女の部屋に、若い女が乗り込んできたことがあったという。

「違うんだ、これは親戚だとか必死で彼女に言い訳する彼を見て、ただただ悲しくなって……もう駄目だと思って、今までに貢いだお金を返してほしい、そうしたら別れてあげるって彼に言いました。そんなこと言わなければ良かったって後から後悔しましたけど、その時は沙香のためにもお金が必要だと思って……それが裏目に出てしまいました」

やっぱり私のせいなんですと彼女は俯いた。

それから数日後。ほかならぬダメ男が包帯で腕を吊《つ》り、松葉杖《まつばづえ》に片脚にはギプスという無残な姿で彼女のもとにやってきたのだという。

「怖い人と一緒で。あきらかにその筋の人でした。指は全部あったけどパンチパーマで、金のチェーンを首にかけて、カッと見開いた眼がもう、物凄く恐ろしくて」

明らかに黒田社長だ。全身に包帯と松葉杖とギプスはおれもやらされたから、偽装なのは明白だ。引退したＡＶ嬢の行方を捜してほしいという依頼人を諦めさせた時に使った手口だ。

「『ねえちゃん、あんたの彼がウチから借りたカネ、返せんと言いよるんや。こうなったらあんたに沈んでもらうしかないな。いや沈む言うても東京湾と違うから安心しとき』って言われて……この子はぎゃーんと泣き出すし、私もどうしたらいいか頭が真っ白になって。『この子のことやったら心配せんでもエエ。こういう、幼稚園くらいの小さな女の子が大好きで、金払ってでも面倒みたいという若い男をぎょうさん知ってますのや』って、そんな恐ろしいことまで言われて」

この子をロリコンの餌食《えじき》にはさせない、なんとしても逃げなければと、すぐに彼女は決心したという。

明日迎えに来るさかい、それまでに身の回りの品と心の準備をしとき、と言って
ヤクザはダメ男と一緒に帰ったという。

慌ただしく逃亡の準備をしていると、郵便受けに何かがごとん、と落ちる音がした。

「封筒でした。現金と、今、働いている中華料理店の住所、そしてメモが入っていました」

圭子さんはすり切れた財布から大事そうに紙片を取り出した。メモはプリントアウトだ。

『すまない。これだけしか作れなかった。沙香を連れてすぐに逃げろ。マジでヤバい』

包みの中には百万円が入っていて、彼女は後をも見ずに子供を連れて逃げた。住民票も移さなかった。

「彼がお金を工面してくれたんだと思いました。こういう時に、逃げるのをためってはいけないって、私、知ってました。DVで殺されたり大ケガをした女の子を、大勢見てきたから……ウチがそうだったので。父親が酒乱で」

彼がまたお金の不始末をしでかしたんですね、と圭子さんは涙を流した。

「それで私たちの居所が知られてしまった」

彼女はやるせなさそうに髪をかきあげた。

「仕方ないんです。彼を好きになったのは私。この子を産むと決めたのも私。その結果は引き受けないと」

必要ならばこうして何度でも逃げる。でも彼を恨む気持ちはない。なぜって、彼がいなければこの子にも会えなかったから。そう言い切る彼女が、おれには気の毒でならない。


目的地に到着したのは夕方だった。

じゅん子さんが予約した山の中の情報断食道場は、「道場」というワリには質実剛健なイメージは全くなく、さながら潰れたラブホテルを居抜きで買い取ったようなインテリアだった。照明から壁紙、ベッドカバーからシーツに至るまで、全部がピンクだ。

ネット環境を奪われた人間はセックスに走るしかない？　そういうコンセプトなのか？

しかし、この道場に来るのはカップルばかりではないはずだが……。そう思った
おれが圭子さんを見ると……彼女もなにやら潤んだ目でおれを見つめている。

「ネットより本物の異性と親しくなってネットへの依存度を下げましょうってこと
なんでしょうか？」

圭子さんは「さあ？」と曖昧な笑みを浮かべた。

道場の食堂で夕食を取った。

どうやらおれの考えはあながちハズレではなかったようだ。男女の単身者がここで出会ってカップルを作る「出会い系道場」みたいな感じ、と言うべきだろうか？

特に美味しくも無い食事を終えると、圭子さんが沙香ちゃんをお風呂に入れるというので、おれは部屋の外に出て、廊下から、じゅん子さんにミッション達成の報告を入れた。

「ところで、北上英玲奈さんの件ですけど」

『その件はこっちでやるからいいって言わなかったっけ？』

じゅん子さんはつっけんどんな口調だ。

『安全運転で帰ってきてください』

「だけど今まで、社長は仕事を全部おれに振ってきて、おれが全部やってたじゃな

いですか。今回に限ってどうして……」

『飯倉くん、あなたあれでしょ？　依頼人の英玲奈さんが美人だから、仕事を口実にお近づきになりたいだけなんじゃないの？』

図星なだけに何も言えない。

『お嬢さまとストーカーの件はもういいの。ウチだって別件がある時は社長も動くんだから』

そう言われれば、納得するしかない。

通話を切って部屋に入ると、すやすやと眠る沙香ちゃんの傍《かたわら》で、圭子さんがしょんぼりしていた。どうも逃避行が一段落したら、悲嘆のスイッチが入ってしまったらしい。

「……私、女としての幸せはもう望めないんでしょうか。いえ、いいんです。この子のお母さんとして静かに生きていければ、もうそれだけでいい、って思っていました。でも、こうして一生逃げ隠れするとなると……判ってはいますけれど、なんか、悲しくて」

圭子さんはおれの肩にもたれて、さめざめと泣いた。

「お願いです。今夜が最後でいいんです。このまま枯れていくのは辛すぎます。明日になったら全部忘れて、なかったことにしますから、今夜だけ……」

彼女は熱い瞳でおれを見つめた。

「恥ずかしいんですけど、この三年間、一度も男の人と、そういうことはしていなくて」

男というモノは単純というか、常にセックスの機会を狙っていると言われても否定できないんじゃないかと思う。何故なら、目の前で圭子さんが服を脱ぎ始めたら、おれもニワカにその気になってしまったのだ。いや、正直に言えば、ここに着いて熱い視線で見つめられた時から、そういう予感はしていたのだ。

彼女が身につけているものはとても質素で、下着も何の飾りもないベージュの安物だったけれど、そのチープなブラに包まれていた巨乳は、ゴージャスなレースのブラのあや子さんのそれに勝るとも劣らない、素晴らしいものだった。

圭子さんは、その魅惑的なバストをぷるんぷるんと震わせて、思い切り擦り寄せてきた。

「あ……あの……吸ったりしてもいいっすか?」

「いいのよ。今夜は、私に……何をしても」

おれは夢中で彼女の巨乳にむしゃぶりついた。左右の乳首をかわるがわるに吸い、揉み上げる。素晴らしい感触が、手のひらにも舌にも唇にも広がっていく。

ああ、おれはずっとこうしたかったんだ。社長の愛人であるあや子さんのバストはいつも盗み見るだけだけど、今はそれと同じ、いや、もしかするとそれ以上のレベルの巨乳が目の前にあって、好きなように出来るのだ。これを天国と言わずしてなんと呼ぼう。

彼女がせつなそうな甘い声で囁いた。

「あの……そろそろ、お願い……ね？」

彼女がそう言って、おれの手を、あそこに導くと……そこはすでに熱い滴りで満たされていた。

ああ、本当に三年ぶりなんだなあ、女盛りの身空で……と、おれはなんだか胸が締めつけられ、同時にナニも大きく膨らんだ。

「きて……」

圭子さんは脚を大きく広げて誘い、おれはもちろんそれに応えた。

屹立《きつりつ》した欲棒を埋めていくと、彼女はヒクヒクと躰を震わせ、おれが腰を動かすと、それに合わせて彼女も全身をくねらせた。魅惑の双丘がふるふると揺れ、おれは抽送しながら巨乳の先端の果実を吸った。

「あっ……いい……イクっ！」

彼女は沙香ちゃんが目を覚ましそうな声を出すと、そのまま果ててしまった。

「アナタは、まだイッてないのよね……」

おれがそのまま抽送を続けると、彼女は立て続けに、さらに激しいアクメに達した。

花芯がきゅうんと締まると、おれもそれ以上持ちこたえられず、達してしまった。

「こんな気持ちがいいこと……本当に久しぶりよ」

彼女は両腕でおれを抱きしめ、ふくよかなバストで包み込んでくれた。

*

おれが東京に戻って二週間後。桜もすっかり散って青葉になったころ、例の美人、北上英玲奈お嬢さまとその祖母が、事務所にやってきた。佐々木和男の付きまといがなくなった、として礼金二十万円を持参したのだ。

「業務完了の際は、さらに二百万円というお約束だったと思いますが？」

二十万円を前にしてそう言ったじゅん子さんに、祖母は「そうでしたかのう」とトボけ、英玲奈は逆ギレした。

「は？　そんな契約書がどこにあるのよ。もともと着手金五十万円だって高すぎたと思うくらいだし。あんな情けない男、追い払うぐらい簡単だったでしょ！」

いつもならここで登場して不届きな依頼人を一喝するはずの黒田社長は、なぜか奥の部屋から出て来ない。

契約書が存在しないなんて、やり手で有能なじゅん子さんにしては珍しい脇の甘さだと、おれは首を傾げた。

北上英玲奈とその祖母は、料金を踏み倒したまま、謝りもせず事務所から出て行った。

「もう行ったか？」

やっと出てきた黒田は、なぜかじゅん子さんの不手際を責めることもなく容認した。

「それでエエんや。じゅん子あってのウチや。じゅん子がそう決めたんならそれでエエんや」

金の亡者のくせに信じられないことを言う。

「この件はとりあえずシマイや。人間には誰でもこれだけは許せん、いうことがあるさかいな。おのれの悪事に反省の無い外道やとか」

誰が誰を許せないというのか。謎の言葉がどうにも気になったが、社長がシマイと言った以上、これでお終《しま》いなのだろう。

英玲奈お嬢さまへの付きまといがなくなったのは……黒田社長が『動いた』からなのか？

ストーカーはどこに消えた？

「社長。まさか、また例のブルーシートの荷物がウチに来るなんてことは、ないですよね？」

おれはそう訊いてみた。

「何の話や？」

黒田は怪訝《けげん》そうに言った。

「まさか社長は、透明なボディにするアルバイトをしたりしてない……ですよね？」

おれとしては勇気を要する発言だったが、社長は「何のことやら判らんなあ」と言いながら、パソコンでネットを見ていたあや子さんにチョッカイを出し始めた。

が、そのあや子さんが突然妙なことを言った。

「ねえねえ、飯倉くんがネット動画に晒《さら》されてるよ？　血に飢えたイルカ殺しだって」

どうして？　イルカ殺し？　おれが？　アジを三枚におろすことさえ出来ないというのに。

慌てて動画サイトを見ると、いかにも肉をたくさん食べていそうなブルネットの白人女性が「ユー！　ガッデム・ファッキン・キラー！」と何者かを罵り激昂している。糾弾されているのは見るからにサエない、おどおどした東洋人男性だ。

「あ！　これ、おれじゃないですか！」

ショボい東洋人男性はおれ自身。噛みついているのは先日、おれのマンションの前で突然、因縁をつけてきた白人のおねえさんだ。

おれは慌てて動画についている日本語解説を読んだ。それによると、おれは水族館で死んだイルカを密《ひそ》かに運び出し、劣悪な飼育環境の隠蔽に協力した、極悪非道の鬼畜ということにされているらしい。

「ねえ飯倉くん、ホントにこんなひどいことしたの？　ガッカリだよ。ほらこれ見てよ。イルカたちはこんなに狭くて汚いプールに閉じ込められて、ショーで稼ぐことを強要されているんだよ！」

白濁した狭いプールであえぐイルカの画像をおれに見せたあや子さんは、憤懣《ふんまん》やるかたない、という表情だ。

「ご、誤解すよ。おれ、海はおろか小学校の時の遠足以来、水族館には行ってないのに」

「そう？　ならいいけど。イルカたちを助けてあげるために、ほら、あたしも協力してるんだからね！」

あや子さんは鮮やかなブルーと白のぬいぐるみをバッグから取り出し、ぎゅっと抱きしめた。彼女の巨乳の間でポリエステルのイルカが笑っている。正直、羨ましい。

「ぬいぐるみとかエプロンを買うと、イルカ基金になるの」

はあそうですか、と言っていると、さっき帰ったばかりの北上英玲奈が怒り狂って戻ってきた。

「なんとかして！　警察が来たのよ！　あたしが殺人事件の共犯とか、あり得ないから！」

ノックもしないで入ってきた英玲奈が黒田を見た。その瞬間、真っ赤な顔がリトマス試験紙のように真っ青になった。

「あ！　この人は！」

　だが、続いて後から入ってきた男を見て、お嬢さまの顔はさらにどす黒く変色した。

「どういうこと？　こいつが二度とあたしの目の前に現れないように、そのためにお金を払ったはずでしょ？　合計七十万円もっ！」

　なんと、こいつが結婚前のお嬢さまに付きまとっていたストーカー男なのか。

　ストーカー男、こと佐々木和男はきちんとしたスーツにアタッシェケースを持っている。一見やり手のビジネスマン風だが、英玲奈は汚物を見るような目で和男を睨みつけた。可愛い顔のお嬢さまが、一瞬にして凄い目つきになるのを目撃するのはマジで怖い。

「ナニあんた。まだ懲りないの？　あたしがマンションで預かった、『あれ』みたいにされたいの？」

「そ、そんなんじゃない。お……おれは」

　佐々木和男はここで黒田社長に縋るような視線を向けた。

「カ……カネならいくらでも払う。本当に……本当にここに用事があってきたんだ」

「はぁん？　用事ってまたあんたのビジネスごっこ？　この中身は何？　どうせ空

っぽでしょ」

男の高級そうなアタッシェケースを、お嬢さまの白いパンプスの爪先が蹴った。思いきり吹っ飛んで壁に激突したアタッシェケースの蓋が開く。

帯封をした札束がいくつかに何冊ものマンガ本、エロDVDなど、とにかく思いつくかぎりのくだらないものが床に散乱した。

「相変わらずあんたの頭の中身そのままね」

英玲奈は口汚く言い放った。頭の中身はともかく、ストーカー男が「カネならいくらでも払う」つもりなのは本当らしい。

黒田が落ち着き払って言った。

「あんた、ワシがカネで動く男やとでも思うとるのか?」

あや子さんが全員の思いをぼそっと口に出す。

「黒ちゃん、今までカネで動いたことしかないじゃん……」

お嬢さまは相変わらず怒り狂っている。

「とにかくあんたにはダマされた。あんたの取り柄ってお母さんが有名なビジネスウーマンってだけでしょ? 大学院卒もウソ、仕事なんか一度もしたことないし、要するにただのニートよね? 何よそのスーツ。まだビジネスエリートのコスプレやってるわけ？」

「コスプレ」が看板に偽りアリという意味なら、英玲奈だってお嬢さまのコスプレだ。可愛くて上品なお嬢さまの中身は悪魔だと思えるほどに、きれいなピンクの唇から出てくる言葉は驚くべきものだった。

「全部あんたのせいよ。あたしはあの女を殺せなんて頼んでないから！」

「だって英玲奈、あの女を何とかしろ、あたしの目の前から消せって言ったのお前じゃないか！」

「は？　バカじゃないの？　それは別れろって意味でしょ！　『なんとかしろ』が殺せの意味だとか、頭おかしいんじゃないの？」

「だってお前、おれにクスリ渡しただろう？　これをあの女に飲ませろ、眠らせろって。あの女の姿をあと一度でも見ることがあったら、婚約は即解消だって。おれ、お袋からも身を固めるようキツく言われてて、お前に婚約を破棄されたら困るから……」

「もう三年も前のことでしょ。いい加減にして。とにかく、何の関係もないあたしを巻き込まないでよねっ！」

二人の凄《すさ》まじい罵り合いを前におれはどうしていいか判らない。どうやらこの情けない、なんちゃってビジネスエリートが二股をかけ、お嬢さまに言われるままに、別の女を始末したということなのか……。

おれは事態の洒落にならなさに慄然とした。

「そもそも、どうしてアンタがここに用があるのよ？　答えなさいよっ！」

悪魔と化した英玲奈の追及に、佐々木和男はキョドりながら必死に弁明した。

「……おれはここの人たちに本当に用事があって。三年前に、お前から言われた件で、助けてもらったのが、ここだから」

「はぁ？　アンタ何言ってるの？」

「だから！」

佐々木和男はここでメガトン級の爆弾発言をかました。

「ここの社長に、女の始末と、死体処理を頼んだんだよっ！」

＊

こいつは一体、あたしに何の恨みがあって……！

ショボい探偵事務所で、三年前に別れた佐々木和男に過去をバラされ、あたしは目の前が真っ赤になるほど腹を立てていた。

「女の始末？　死体？　知らないわよ、そんなこと」

「お、お前、よくそんなこと……今さら、それはないだろう、英玲奈？」

やっぱり、あれはあの女の死体だったのだ。三年前、こいつの二股がバレてあたしが怒りを爆発させた数日後、あたしのマンションにいきなり運び込まれた大きな荷物。ブルーシートに覆われじっとりと湿って、フィットネスジムのプールのような、キツい臭いがしていた。

運び込んだのはこいつと、そして今、この事務所にいる強面のヤクザだ。

『頼む！　ここに置かせてくれ。お前の言うとおりにしただけなんだ。その結果がこれだ』

懇願されて、あたしは断れなかった。今思えばそれが間違いだった。

安全に埋められる場所をすぐに見つけるとこいつは約束したが、それも口先だけだった。「法科大学院在籍」や「一流企業のインターン」と同じで、真っ赤な嘘だったのだ。

バスルームに置かれた醜い包みはいつまで経ってもそのまま。あたしは半身浴やお化粧どころかシャワーさえ使えなくなり、最後には手も洗えなくなって……ついにはマンションに帰らなくなった。だって……臭いがしてきたのだ。

あたしは臭いには人一倍敏感だ。一人暮らしを始めた最初のころ、ピーコックストアでA5ランクの肉を買って腐らせたことがあった。その時も怖くて冷蔵庫を開けられなくなったし、結局おばあちゃんに泣きついて処分してもらい、ついでに冷蔵庫ごと買い換えた。

『実家に帰る？　おれとのことはどうなる？』

『無理。あたしクサいのだけは駄目なの』

『生きてるものを処分すれば死体になって、臭いが出るのは当たり前じゃないかよ！』

『知らないそんなこと。とにかくもうイヤ』

『おれのおふくろのコネがあればお前、どこにだって就職できるのに？』

『あたしが欲しかったのはセレブの生活よ。クサい臭いを我慢する地獄じゃないから！』

シートの中身は処分しといて。そう言ってあたしはあの時、鍵を和男に押しつけ、マンションから逃げた。

そのあとどうなったかは知らない。部屋はそのまま解約して、引っ越しそのほかの手配や手続きは全部、おばあちゃんにやってもらった。

それが今から三年前のこと。

それで全部済んだと思っていたのに、今、すべての元凶であるダメ男がまた目の前にいて、情けない泣き顔で恨み言を並べるのだ。

「だったらなんであの時、あの女をどうにかしろ、なんて言ったんだよ?」

そんなことも判らないのか、この男は。

「だってあんなババアがあたしのライバルだなんて耐えられなかったから。とにかくあたしはクサいのも、ババアもイヤなの。イヤなものは目の前から消したかっただけ。何も矛盾してない!」

大声で怒鳴ると、和男は怯えて黙った……。

＊

ダメ男にキレるお嬢さまを前に、おれは呆然としていた。要するに三年前、この英玲奈お嬢さまはこのダメ男に恋敵の女をどうにかしろと命じ、男はそれを黒田に丸投げ。そして黒田はおそろしいことに女を文字通り「処分」して、死体を英玲奈のマンションのバスルームに放置して、腐るに任せたということか。

『ここの社長に、女の始末と、死体処理を頼んだんだよっ！』

和男は確かにそう言った。ここの社長とは黒田以外にありえない。氏政と名乗る刑事から見せられた画像のことも思い出してしまった。ブルーシートに包まれた謎の物体を黒田が運んでいる、監視カメラの画像だ。

殺人とか死体遺棄とかの生々しい現実に、おれの頭はとてもついていけない。

いつになく静かで大人しい黒田社長に、おれはおそるおそる訊いてみた。

「しゃ……社長、これは一体……どういうことなんすか？」

ダメ男も社長にすがるように叫んだ。

「そうですよ黒田さん、警察に説明してくださいよ。三年前、おれはあんたにトラブル処理の依頼はしたけど、おれ自身は誓って何もしてないって。『あれ』をこいつのマンションに運び込むのを手伝っただけで」

黒田は腕を組み、黙り込んだままだ。

いくらなんでもこれは洒落にならない、と思い始めた時。

事務所の扉がばーんと蹴破られるように開いて、氏政刑事が入ってきた。

「ほほう。関係者全員お揃いか。なら話が早い。お前らのやったことはまるっとお見通しだ。三人とも署に来てもらう。任意同行だ！」

　氏政は、佐々木和男を指差した。

「佐々木和男。三年前にお前が交際していた女性が行方不明だ。彼女の子供もこの春、小学校に入学予定だったのに、入学式はおろか就学時健診と予防注射にも姿を現さなかった。そもそも三年前からの母子の足取りが一切不明なんだ。母親がキャバクラに出勤しなくなり、母子で住んでいた従業員寮からも突然、姿を消した。以後、二人の姿を見た人間は誰一人いない。お前が親子を殺して死体を遺棄したんだろう？　そうに決まっている！」

　氏政刑事は、さらに黒田に指を突きつけた。

「黒田、お前が不審なブルーシートの包みを、この北上英玲奈の」

　と、今度はお嬢さまを指さした。

「恵比寿のマンションに運び込んでいる映像が、監視カメラに残っていた」

　氏政は、この前おれに見せた写真を高らかに掲げて見せた。あれは、三年前の映像だったのか！

「佐々木和男に北上英玲奈、そして黒田、全員、署に来てもらおうか」

　だが黒田は、何故か泰然自若として微笑みまで浮かべている。動かぬ証拠に観念してしまったのか。

「仕方おまへんな。こうなったら全員で警察に行って、知っていることは全部、お話ししようやおまへんか」

「なによそれ？　あたしはイヤよ、警察なんて、絶対に行かない！」

婚約したばかりなのに、と喚く英玲奈お嬢さま、そしておれは運んだだけだ殺してねえ、と繰り返すダメ男の絶叫で狭い事務所は阿鼻叫喚の巷《ちまた》となったが、刑事とその背後に控えていた数人の制服警官が、黒田社長を含む三人を、有無を言わさず連行してしまった。

おれは、パニックになった。

「なんすかこれ？　一体何がどうなってるんすか？　社長はやっぱり人を殺したんすか？」

「落ち着きなさいよ」

じゅん子さんが冷静に言った。

「すぐに解決するから」

いつもは読みの当たるじゅん子さんだったが、今回だけは楽観できない。なぜなら事件がすぐに大きな展開を見せたのだ。

しばらくしてじゅん子さんがテレビをつけると、ワイドショーで何やら喋っていたキャスターが「あ、今ニュースが入りました！」と脇から渡された原稿を読み上げた。

「先日からお伝えしている三年前の母子失踪事件ですが、警視庁は殺人と死体遺棄の容疑で、男女三人を逮捕しました」

画面には佐々木ダメ男に北上英玲奈、そして黒田社長の顔写真が、デカデカと映し出されてしまった。

続いてワイドショーは警視庁からの中継に切り替わった。意気揚々と説明しているのは、あの狂信的な目つきの刑事・氏政だ。

「母子と連絡が取れなくなったとの通報があり、以来三年、慎重に捜査を続けておりましたが本日、被疑者三人を殺人ならびに殺人教唆《きょうさ》、死体遺棄の容疑で逮捕するに至りました」

記者が現場からリポートを始めた。

「一人の刑事の執念が埋もれた犯罪を暴いたと言えるかもしれません。姿を消した母子。その前日に近所の人が聞いた、男女の激しく言い争う声。そこに事件の匂いを嗅ぎつけ、証拠を集め続けた捜査官の努力が、ついに実を結びました。失踪した内田さんは……」

ここで被害者の写真が出た。同時に名前もテロップで画面に出た。

それを見たおれは思わず叫んでいた。

「こっ……この人、生きてるっスよ！」

＊

結局、殺人も死体遺棄事件も存在しなかった。じゅん子さんが情報断食道場に連絡を取った結果、殺されてブルーシートで包まれて何処《どこ》かに埋められた筈の内田圭子さんの生存が確認されたからだ。黒田も無事に警察から戻ってきた。

「ひどいじゃないっすか？　なぜおれに何も教えてくれなかったんスか？」

ホッとしたのが半分、怒りが半分でおれは黒田社長とじゅん子さんに抗議した。

「まあそう怒るなや。これが『策』ちゅうもんや。敵を欺くにはまず味方から、言うやろ」

「ごめんね。飯倉くん。人が一人、いえ二人死んでいたのかもしれないのに、何の反省もしてない、あのお嬢さまが私、許せなくて。ちょっとお灸《きゅう》を据えたくなったの」

　無駄に正義感の強いじゅん子さんも謝ってくれた。沙香ちゃんが小学校の入学式に姿を見せなければ当然、児相が動く。失踪しても見過ごされる大人とは違い、子供の場合は確実に事件になるのだ。

　三年前、ダメ男から、長く付き合った内田圭子さんの「排除」を依頼された黒田は一計を案じた。

「たまたま、ある動物の死体が手元にあった。それをあのお嬢ちゃんのマンションに搬入したったた。ワシがやったことはそれだけや」

　黒田の読みどおり、お嬢さまにもダメ男にもブルーシートの中身を確認する勇気はなく、黒田はまんまと報酬三百万円を手にした。

「そのうち百万円を母親に渡して逃がし、知り合いのヤン大人《たいじん》の中華屋で働けるように手配した。バカなボンボンの望みどおり邪魔な親子は姿を消し、めでたく依頼完了や」

　クサいのはいややや言うてお嬢ちゃんまで逃げたのは計算違いやったけどな、と黒田は哄笑した。死体遺棄に巻き込めば観念して、ダメ男と一緒になると思ったのだそうだ。

「バカボンが金持ちのお嬢さまに入り婿すれば、追加の成功報酬も出るはずやったのに」

黒田は残念そうだ。

「あの目つきの凶悪な、イッちゃった刑事は何なんすか？」

「ああアレか。氏政は思い込みの激しい男でな。ひょっとして冤罪《えんざい》事件をつくることに人生賭けとるんちゃうか、と思うわ」

三年前にキャバクラの経営者から母子が失踪したことを聞き込んだ刑事は、独自に調査を開始。すると内田圭子が娘の沙香の三年保育の初年度に、子供ともども急に姿を消していた事実が判明し、氏政は犯罪の臭いを嗅ぎつけたのだ。

さらに母子が失踪する直前、母親のアパートで男女が激しく言い争う声がしていたことが判り、三角関係があったことも突き止めていた。三角関係のもう一人の当事者、北上英玲奈のマンションに不審な荷物が運び込まれたとの情報から、監視カメラに映ったその映像まで、氏政は周到に手に入れていた……。

「死体を運んだことに間違いはありません、とワシが神妙に供述した途端、氏政は一気に逮捕まで突っ走りよったワ」

「死体」に間違いはないのだろうが……。

佐々木和男の付きまといがなくなったのは氏政に連日警察に呼ばれてネチネチ事情聴取されていたからで、じゅん子さんや社長は、結局なーんにもしていなかったことが判明した。北上家からの着手金五十万円は右から左でじゅん子さんが情報断食道場に振り込んだので、それほどオイシイとも言えないが。

……と、じゅん子さんからもこんこんと説明されて、バカなおれにもやっと理解出来た。

内田母子はテレビもネットも見られない道場にいたから状況が全然判ってないかったのだが、じゅん子さんが連絡を入れて、すべてが解決した。

そもそも死人がいないのだから、殺人も死体遺棄も、ない。大々的に報じたマスコミも尻すぼみの腰砕け、事件は有耶無耶《うやむや》になって……なかったことになった。

「その節は大変お世話になりました！」

佐々木和男が事務所にやって来た。その後ろには、内田圭子さんに沙香ちゃんもいた。

「黒田さんがいろいろ計らってくれたお陰で、おれは取り返しのつかないことをしなくて済んだし、死んだと思っていた圭子にも会えました。それに……遅くなったけど、この子のことも認知しました。おれたち、これから一緒に暮らします。最初からこうすればよかったんです。おれは本当にバカな男で」

ニヤけながら頭を掻《か》く和男を見て、おれは「それで済ますんかい！」とキレそうになったが、優しい圭子さんはただただ微笑んでいる。

帰る三人と入れ違いにあや子さんが事務所に入ってきた。

「おっは～！　ねえねえ知ってる？　あのエセお嬢さま……北上英玲奈だけど、予定どおり中学の同級生と挙式するんだって」

ワイドショーで言ってた、とあや子さんはいそいそとエルメスのバッグからエプロンを取り出した。今日も料理をするつもりか。

「ほんと中学高校のときのマドンナのパワーって絶大だよね。まあ、良かったじゃん。誰も不幸にならなくて」

「せやな。ワシもブタ箱のマズい飯で血糖値やら血圧やら、全部改善しよったわ」

黒田もニコニコだ。

「じゃあ、お祝いに、あたしが腕によりをかけてご馳走《ちそう》つくるね。冷蔵庫に入ってる、あの肉を使って」

途端に、社長の目が泳いだ。

この事件で決定的な役割を果たしたブルーシートに包まれた「死体」。

その正体は……白人女性たちが言っていた通り、水族館関係者から持ち込まれたイルカの死体だった。黒田によれば水族館のイルカはプールの狭さから死にやすく、最近は愛護団体のマークが厳しいので、処分にも神経を使うんだそうだ。

「じゃ、つくるね！」

あや子さんが冷蔵庫を開けようとするのを、黒田は慌てて止めた。

「あ、あれはタダの肉やない。下処理が難しいよって、また今度にしよ」

「あや子には無理だって言うの？　大丈夫だよ。ひと手間加えれば」

「あかん。人並みの料理人でさえ失敗したらエラいことに……いや違う。ちゃうで。お前が『人並み以下』の料理人とか、決してそういう意味では」

社長は早くもコートを取って逃げ出す態勢だ。

おれは覚悟を決めた。どうせおれがイルカ料理を食わされることになるのだ。

だが、あや子さんは、今日はいつものイチゴ柄ではなくドルフィン柄のエプロンをしている。肉の正体は口が裂けても言えない……。

第五話　ブラック対ブラック　最後の聖戦

「だから素直に転職しろつってんだろうが！　このローパー社員めがっ」

社長室から聞こえてくる怒声に、おれは首をすくめた。ドアは少し開けられている。これでは盗み聞きする気がなくても、小さなオフィスの全員に罵声が聞こえてしまう。

昼休みに社長室で怒鳴られているのは、入社二年目の女子社員・老木華子《おいきはなこ》。そして、声を張り上げているのは、社長の権田金五郎《ごんだきんごろう》。いたいけな女子社員に向かって、下品な顔全体を口にして、眉間に力を込めて、怒鳴り上げるヤクザのガタクリ同然にツバを飛ばしてるんだろう。

自分が怒鳴りつけられている訳でもないのに、怒声を聞いているおれの胃もきりきりと痛み始めた。家でも学校でもサンドバッグ人生だった自分の来し方が、嫌でもフラッシュバックするのだ。

怒声だって立派な暴力だ。法律で取り締まってほしい。

だが、おれが権田社長の罵倒の的になることはない。なぜなら、「ブラックフィールド探偵社」の敏腕探偵であるおれ・飯倉良一は、他ならぬ社長自身の依頼でこの職場……「奥日光のナチュラル天然水」こと「権田水《こんだすい》」のサーバーをリースしている「権田商会」……に潜入している工作員だからだ。

おれの使命は、いま現在社長室で罵倒されている女子社員・老木華子を速やか、かつ後腐れ無く辞めさせて、転職に追い込むことだ。

華子は弱々しいが懸命に抗弁している。

「そんな……ローパー社員だなんて、ひどいじゃないですか」

「ひどい？　どこが？　お前みたいな能力の低いローパフォーマーをローパーと呼んで何が悪い？　文句言うなら社員として、もっときっちり働いたらどうなんだ？」

「イヤまさに、社長のおっしゃるとおりです」

すかさず社長を持ち上げるのは、営業部長の小篠均《こしのひとし》だ。コシキンチャクの異名がある小篠が社長の尻馬に乗って、ニヤニヤしながら揉み手をしている様が目に見えるようだ。

「おいキミ。そんな無能を晒してよく生きてられるな？　恥ずかしくないのか？

マトモな神経を持ってるなら、空気を読んで自決しろ、とあえてボクは言いたいね」

自殺教唆か。自決ってどんな時代錯誤だ、とおれはつくづく嫌になった。

どうしておれはこういうブラック職場にばかり縁があるのだろう？

そもそもおれをここに潜入させているブラックフィールド探偵社自体、ずばりブラック企業以外の何ものでもない。なにしろ社長の黒田がヤクザそのものなのだ。ここまで黒い色に祟《たた》られるということは、おれは前世で黒猫かツキノワグマでも惨殺したのだろうか？

オフィスには、華子の弱々しい声もはっきり聞こえる。事務所の全員が固唾《かたず》を呑んで、成り行きに耳を澄ましているからだ。

「でも……私にだって働く権利が……正社員なので」

「権利？　あ〜今なんつった？　人権だ労働者の権利だなんだって、お前らアカやサヨクはいつもそれだ。そんなモノはただのワガママだ。たかが使用人の分際でエラそうなことを抜かすな！」

「そうですよ。社長のおっしゃるとおりです。だいたい戦後の日本人はワガママになりすぎだ。これはＧＨＱの陰謀に違いない！」

権田に迎合する小篠の発言も時代錯誤で意味不明だが、権田社長はますます意気軒昂《けんこう》だ。

「そうだとも小篠くん。日本人のあるべき姿は、あくまでも組織や家族を第一に考え、貢献できないと判断すれば潔く身を引く、それが日本人の美徳というものではないのかね？」

平成の世に交わされる会話とは思えない。華子への退職勧奨は、ネチネチと果てしなく続いた。事務所の全員がうつむき、聞いていないフリをしていても、耳は社長室を向いている。全員が明日は我が身と思っているのだ。

「我が社は社員のことを考えているから、ただ辞めろというんじゃない。社員をいきなり無職にするなんて、温情溢る我が社がそんな血も涙もないことをする筈がないだろう？　だからこそキミを転職支援コンサルタントに紹介したわけだ。それの何が不満なんだ？」

「テンプラスタッフですか？　……無理です」

意外に粘り腰の華子は、小さな声ではあるが、言い返している。

「テンプラスタッフから勧められたお仕事に転職すると、お給料が半分になってしまうんです。それでは生活できません」

「なーにをバカなことを言ってるんだ！　給料が半分になるんじゃない。ただ単に今のお前が、自分の能力の二倍以上の給料を盗み取っているだけじゃないか。自惚《うぬぼ》れるな！」

「まったく社長のおっしゃるとおりで……この月給泥棒が！　だいたいお前は幾つだ？　仕事ができないならさっさと嫁に行って子供を産めばいいだろ！　そうしてお国に貢献する。それが大和撫子《やまとなでしこ》のあるべき姿だ！」

いつの時代の軍国オヤジだ？

どこぞの与党議員そのままのセリフを言い放つ小篠に、おれは唖然とした。早くしないとイキ遅れるクモの巣が張る羊水が腐るなど、社長と営業部長はその後も口を極めて華子を罵り、セクハラ発言の限りを尽くした。

二時間後、華子が泣きはらした目で社長室から出てくると、事務所に残っていた全員が一斉に目を逸《そ》らして見ないふりをした。彼女に近寄って慰める者も、誰一人いない。

だがしかし、おれは彼らを責める気にはなれない。

社長の権田と営業部長の小篠の暴言は、たしかにひどい。ひどいけれども、社員である華子にも大きな問題がある。彼女の駄目さ加減たるや、壊滅的なのだ。

その仕事の出来なさ具合は、社長らが彼女に投げつけた暴言をはるかに上回り、多額のお釣りがくるレベルだ。

電話を受けさせれば発注の数量、納入先、納品の日時のいずれか一つ、ひどい時には全部を間違う。当然クレームの嵐だ。よって電話の応対は任せられない。華子が電話を取ろうとすると、近くの誰かが慌てて受話器を引ったくる。

パソコンで書類仕事をさせれば今度は言葉を知らないうえに入力ミスのオンパレードだ。

「前略この足袋《たび》は誤注文ご苦労さま」程度の文章なら平気で作成して、しかも上司の確認なくファックスやメールしようとする。いや、それで済めばまだいい。

ひどい時にはデータを全部消してしまう。重要なデータを、何度言ってもバックアップを取らない。

ついには彼女がパソコンデスクの前に座った瞬間、誰かがパニックになって飛んできて、操作を阻むようになった。一度などは彼女がキーボードに触れただけで、画面が真っ暗になったことがある。何か悪性の電磁波が彼女の身体から出ているのかもしれない。

お茶くみやコピー取りなどの雑用なら大丈夫かと思いきや、コーヒーは熱すぎる

か薄すぎるか舌が痺れるほど苦いかのどれかで、社内の全員がまともなコーヒーの

味を忘れてしまった。コーヒーサーバーの中味を注ぐだけなのに、何故こんなこと

になるのか摩訶《まか》不思議だ。コピーも同じく薄すぎるか真っ黒かで、正常に読めたため

めしがない。

受付業務では大事な得意先の経営者に、「出入りの業者さんは裏口からお願いします」と言ってのけたし、倉庫業務でも工場から到着したばかりのサンプルの水を消費期限切れと勝手に判断して、全部下水に流して廃棄したことがある。

結局彼女には「何もさせない」ことが損害を最小限に抑える唯一の方法ということになり、現在の彼女はデスクでひたすらボールペンを走らせている。

何をしているのかと思えば、権田社長が自費出版で出した立志伝を書写させられているのだった。

彼女が悪いのではない、とおれも同情しようと試みた。手を触れたあらゆる機器と名の付くものが不具合を起こすのは生まれつきの不幸な体質なのかもしれないし、すべての局面において適切な判断ができないのも、たまたまそんな巡り合わせなのかもしれないと。

「華子さん困りますよ！　全部飛んじゃった今月の売り上げデータ、どうするんで

すか？」

「クレームです！　天然水サーバーの交換ボトルが足立《あだち》区の老夫婦宅に一度に五十個も届いてしまい、置く場所がないとお年寄りが怒ってます。逆にロハス病院からは一つしか届いていない、全然足りないどういうことだと苦情が」

「お宅の受付嬢はどういうつもりだ？　出入りの業者さんはエレベーターを使わないで階段で行けと上から目線で注意されたぞ？」

当然、華子はそのたびに叱責される。叱られるたびに彼女はおどおどして涙ぐみ、あるいはわっと泣き出し、「どうせ私なんか」「全部私が悪いんです」と、その時「だけ」は反省してみせる。だが学習能力というものが皆無、いや絶無なのだ。

身も世もなく嘆くヒマがあるなら次からは同じミスを繰り返さないよう、メモするなりなんなり努力すればいいのにと、学習能力の無さにかけては人のことは言えないおれだって思う。ダメだダメだと始終まわりから言われ続け、我ながら心底ダメだと思うおれでさえ、彼女には閉口するのだ。少しは考えればいいのに、とイライラする。

だから華子が毎日のように社長室に呼び込まれ、転職を打診、いや強要されていても、そして権田や小篠の暴言が限度を超えているとは思っても、あまりにも彼女自身がどうしようもないので、全然同情できない。それはここにいる社員全員が同じ思いだろう……。

＊

今を去ること約一か月前。

突然、わがブラックフィールド探偵社の黒田社長が重大発表をした。

「この時代、守りの姿勢ではアカン。こういう時こそ打って出んとアカンのや。わが社はいっそうの社業隆盛を期して、業務の拡張に邁進《まいしん》することにした！」

ガラにもなく経営に関する何とかセミナーを受けてきて、おおいに影響されたらしい。社長はヤクザで単細胞なところがある分、影響されやすいのだ。

「世の中には出来の悪い社員……ローパー社員に困っとる経営者は多い。この前もローパー社員をクビにする方法を伝授した社労士が世間からつるし上げを食ろうたが、これは、世の中には必要なことなんや」

あくまでも経営者側に立つつもりらしい黒田は、派手な身振りでおれたちに人指し指を突きつけつつ、どこぞの国の大統領選候補者のように顔を歪めて力説した。

「ちゅーことはや、わしらの出番と違うか？　社労士いうたら法に基づいて労務管理や社会保険に関する相談・指導を行うんが仕事や。せやからあんまりあくどいことはでけん。弁護士も依頼人の意向に沿って動くが、当然、違法なことはでけん。どっちも法律に縛られとる。けど社員をクビにするには、多少法に触れる犯罪的行為をせんといかん場合がある。な？　せやろ？　そこで、わしらの出番や！」

黒田は高らかに宣言した。

「ウチは名実ともにブラックや。せやったらこの際開き直って、ブラックなことはなんでも引き受けよう！　ブラックよろず承りや！」

それって今までと同じじっすよね、とおれは小さく呟《つぶや》いた。横にいたじゅん子さんも小さくクールに頷くのが見えた。

「で、や。この際、ブラック士業のセンセイと正面切って業務提携するデ。ブラック社労士にブラック税理士、ブラック弁護士にブラック師匠……いやこれは落語のお人やけど」

そう言いつつ、黒田は数冊の本をアタッシェケースから取り出した。

『その残業代、払う必要ありますか？』

『未払い賃金は時効消滅を狙え！』

『ダメ社員をウッに追い込む94の方法』

……タイトルだけでもいかがわしさが立ちのぼってくるような本ばかりだが、黒田は愛《いと》おしげに表紙を撫でた。

「これから業務提携するセンセイは、これだけの本を書いてアマゾンのレビューも全部星五つのエラいお人や。手を組んで損はないデ」

「その業務提携の最初の案件が、一般家庭や病院・事業所に、天然水のサーバーをリースする企業からの依頼ということですね？」

と、じゅん子さんが確認した。ストレートのロングヘアで眼鏡美人、才色兼備のじゅん子さんの有能さで、この事務所はもっている。

「せや。その権田水をリースする権田商会に、どうしようもないゴクツブシ女がおるねん」

「ゴクツブシ女なんて、その言い方ちょっとひどくない？」

と、社長の愛人のあや子さんが口を尖《とが》らせた。今日もスケスケシースルーのブラウス姿で、自慢の巨乳を惜しげもなく見せつけている。

「その社員さんだってきっと悪い人じゃないんだよ。でもどんなに一生懸命やっても駄目なことってあるじゃん？」

　あや子さんは先日、「ある動物の肉」を使った料理にチャレンジし、そのステーキの味（というよりマズさ）が彼女の規格外の味覚ですら許容できる範囲を超えてしまったので、料理への情熱をすっかり失っている。あや子さんの挫折は、毎回凄い料理を食わされていたおれとしては幸運と言うしかないが……。

「そうっスよ！　おれだっていつも一生懸命にやってきたんですよ！」

　おれもつい、そう言ってしまった。

「けれども、駄目だったんです……」

　おれも、あや子さん同様、そのダメ社員に同情してしまった。その時はまだ、華子の絶望的な使えなさ加減を知らなかったのだ。

「けれども、どうなんでしょうか社長？　そういう……不法行為に荷担するような業務の委託を受けるというのは」

　じゅん子さんもおれと同じく「業務提携」には懐疑的な様子だ。

「あまり気が進まないんですけど」

「なんやお前ら。きょうび弱いモンの味方しても一銭にもならんデ。能なし社員を馘《くび》にして新たな雇用を創出する方がエエに決まっとる。わしら今まで、結構ヤバいことしてきたやないか。急にエエ子ぶってどないすんねん！」

しかもこれには儲け話がくっついとるんや、と黒田はニヤリとして話を続けた。

「奥日光の奥の奥に、知る人ぞ知る権田高原いう場所があってな、そこの湧き水にようけ水素が含まれてるそうや。こらお前、今話題の水素水やで。その水源の、土地込みの購入権を特別にワシに回す言うてくれてんねん。しかも……聞いて驚くな。そのブラック士業のセンセイのバックに付いとるのは、あの、今をときめく転職支援企業・テンプラスタッフや」

どや！ と黒田がドヤ顔で勝ち誇ったところで、ドアがノックされた。

事務所にやってきたのは、黒田の「業務提携」の新たなパートナーにして今回の依頼人でもある「ブラック士業の辰巳《たつみ》センセイ」と、ナチュラル天然水販売会社の権田社長だった。

「御存知かと思いますが、ワタクシの『辰巳事務所』はさる大手転職支援企業とも提携しておりまして。黒田さんには安心して、委託した業務を遂行していただいてよろしいかと」

ローパー社員が案外手強《てごわ》いと見た辰巳センセイは、ブラックフィールド探偵社に解決を依頼するよう、権田に強く勧めたのだという。

「その、転職支援のターゲットとなる社員様にですね、転職になかなかご同意いただけないということで……ひとつ黒田さんにその背中を押していただこうと」

背中を押してガケから突き落とすのか。

「はいはい。委細承知致しました」

黒田が揉み手をしてすべてを受け入れた結果、おれが工作員として、権田の会社に潜入することになった。だいたいこういう役回りはおれに決まっているのだ。

「その、ローパー社員とかいうヒトを辞めさせる仕事っすか？　おれ、いじめとかハラスメントとか、そういうのはちょっと……」

生まれてこの方ずっと「いじめられる側」だったおれは、社員をいびり出すお先棒を担ぐのは勘弁して欲しかった。

「アホ。何勘違いしとるんや。お前にそんな真似が出来るとは、こっちも思てへんわい」

黒田はにべもなく言い、客に向かって愛想笑いをした。

「すんまへんなあ。こんなアホで」

「はい。ご心配には及びません。そういう、いわゆるハードなラインの工作は、その方面に長《た》けた、権田社長の側近たる人物が担当しますので」

辰巳センセイが横からおれに説明する。

ハードなラインの工作？

その言葉で判ってしまったのだが、これから潜入させられる権田の会社は、とんでもないブラックな会社のようだ。

おれは仕事が始まる前からうんざりした。

「あの、ブラック企業はおれ、もうお腹《なか》いっぱいなんスけど」

おれはここに来る前、まさにそういう会社で働いていたし、このブラックな探偵社の業務でも一度潜入したことがある。ブラックはもうたくさんだ。

「贅沢《ぜいたく》抜かすなワレ。そういう外道な会社に慣れとるから、お前にこの仕事を振るんやないかい！」

おれが実行することになっているのは、同じ追い出し工作でも、もっと目立たない「地味な仕事」とのことだった。

「エエか？　お前はその女子社員を監視して、終業後は尾行をする。何としてもそのゴクツブシの弱味を握って、追い出し工作を成功させんとアカン」

すかさず辰巳センセイが訂正を入れる。

「失礼ですが、権田商会はブラック企業などではなく、ごく普通の会社ですし、ゴクツブシではなくローパー社員、追い出し工作ではなく転職支援です。くれぐれもお間違いのないように」

　そして潜入後に尾行した結果、今日はエステ、明日はジムと、贅沢三昧と見える生活を華子が送っていることが判明し、おれは意外に思った。権田商会の給料は確かに悪くはない。だがトレーナーが付きっきりで徹底した食事管理までを行い、何がなんでも肉体改造させてしまうという、高級ジムの会員になれるほどの額とは思えないのだ。

＊

　この仕事を仰せつかった顛末《てんまつ》をおれが思い返していると、出先から優秀な営業の社員・境井《さかい》が、権田商会の事務所に戻ってきた。

　ああ今日もまた、例のいじめが始まる。

　自分のことでもないのに、おれはまたも胃が痛くなった。

「古参の社員が担当するハードなラインの工作」に相当するモノを、これからまた目の当たりにすることになるからだ。

　境井は営業部長である小篠の、大人げない社内いじめのターゲットになっているのだ。

だが外見も立ち居振る舞いも言葉づかいも、すべてが爽やかな境井は今日も明るい表情だ。おれと違って打たれ強いタイプで、しかも営業成績が抜群、性格も温厚で前向きな、極めて優秀な社員なのだ。

「納入ミスで切られそうになったロハス病院の受注、なんとか繋ぎましたので」

社長室から出てきた小篠に境井が報告した途端、営業部長は境井を労《ねぎら》うどころか、妬ましそうな目つきになってケチをつけ始めた。

「おおそれはそれは。ロハス病院の院長に、ずいぶんカネ使ったんだろうねえ?」

ネチネチした物言いからして、早くも因縁を付けようと虎視眈々《こしたんたん》だ。

「いえ……それはまあ、多少は」

「あそこの院長は女性だからねえ。ちょっと領収書見せて」

小篠が人指し指を来い来いと曲げた。

「ふ〜ん、地球にやさしい高級オーガニックエステ利用券・五枚つづり十五万円也ねえ。こんなこけおどしで院長を落としたの?」

「いえ、金額で釣ったわけでなく、技術の高さで選びましたので」

「それにしたって経費としては多過ぎだ。金さえ使えば解決と思われては経理的に困るんだよ。ペナルティで、これはお前の自腹な」

こんな理不尽で無体なことを言われているのに、境井は微笑んで「まいったなあ」と頭を掻くばかりだ。

経済的ダメージを与えたにもかかわらず、期待通りの反応がなかったのが不満なのか、小篠はさらに境井のネクタイに目を付けた。

「キミ、いいネクタイしてるね。身分不相応だとお客様に反感を買うよ。営業の先輩として教えておいてあげるけどね」

「ああこのネクタイですか？」

境井はニッコリした。

「院長からお礼にともらったものですが、こういう高価なブランドものは、どうも身につけていても落ち着かなくて。お気に入りのようですから部長に差し上げますよ」

あっさりと外すと、小篠に差し出した。

「そんなキミ。キミが締めたお古なんか、私が欲しがると思ってるのかね。失敬なことを言うな！」

怒って見せながらも小篠がネクタイを引ったくったとき、最悪のタイミングで華子がコーヒーを運んで来た。

彼女が手にしているトレイに、小篠はわざとぶつかった。コーヒーが境井にかかり、さらに床にぶちまけられた。

「ああっ！　ご、ごめんなさい！」

今回は悪くないのに華子は反射的に謝った。「あ、すまんねキミ。掃除しといてね」

小篠はそう言っただけで立ち去った。

有能な境井が、どうして上司に冷遇され嫌がらせを受けるのだろう？　境井が有能すぎて「出る杭《くい》は打たれる」ってことなのか？

社員の一人がおれに囁いた。

「どうもね、境井さんは、ウチで扱ってる飲料水サーバーリースの業務内容、権田水についての商品知識、顧客情報そのほか、あらゆる分野に精通しすぎてるんで、営業部長に妬まれてるようですよ」

その社員も、うんざりした表情だ。

「営業部長の地位を境井さんに取られてしまうとか思ってるんじゃないですかね。小篠部長は小心で、疑り深いから」

おれが驚いたのは他の社員が、境井へのいじめに見て見ぬふりをしていることだ。うっかり庇ったりすると次は自分がターゲットになると全員が怯えているのだろう。

こういう具合に、おれは小篠による境井への暴力、暴言、たかりのほか、ミスの押し付け、陰口、私物を故意に捨てるなどの幼稚ないじめを潜入以来ずっと見せつけられている。

潜入の目的を遂行するために仕方なく耐えているけれど、もともとこういうことが大の苦手なおれは、体調まで悪くなってきていた。心が悲鳴を上げ始めているようだ。

しかしどうして有能な境井が、今の境遇に甘んじて、我慢しているのだろう？

こんな雰囲気の悪い会社なのに、どうして他の社員は嫌気がさして辞めないのだろう？

「そりゃ、この会社がそこそこ業績好調だし、給料もいいからですよ。きょうび、これくらいの不満で会社変わってられませんよ」

転職に苦労してやっとここに拾ってもらったという同僚社員は、声を低くしておれに教えてくれた。

そうは言っても、やっぱりおれには納得できない。

＊

追い出し工作が不調で華子は一向に辞める気配がない、という中間報告をするために、おれがブラックフィールド探偵社に顔を出すと、そこには権田社長と、ブラック士業の辰巳センセイも来訪していて、黒田社長と歓談していた。

「権田さんの自伝をひたすら書き写させている？　それも一つの方法ですが、まったく手ぬるいですね」

辰巳センセイはそう言い切った。

「そういうローパー社員は一度、全人格を否定し、壊し、心を徹底的に折る必要があります。こういう風にしてください。書き写させるのなら、これです」

センセイはアタッシェケースから書類を一枚取りだして、読み上げた。

「私は人間のクズです。ゴミですカスです。私はこの企業に何の利益も与えていません。私がいるせいで職場の士気が下がり業績は伸びず収益も上がらず、結果として法人税が払えず、日本国家にまで損害を与えています。私は非国民です。反日です。いないほうがマシな人間です。私がこの世に生まれて来た日を私だけではなく、どうか職場のみなさん全員で呪ってください。ホームドアのない駅のホーム。富士の樹海。観光地の断崖絶壁。そこが私の行くべき場所です。この職場ではありません」

なんじゃこれは。

耳にしたおれは慄然としたが、辰巳センセイは読み終えてニッコリした。

「これを毎日百回書かせ、声に出して読み上げさせてください。これでまず間違いなくウツに追い込めるし、出社してこなくなります」

「エラいもんですな。聞いただけでワシ、人間辞めとうなりましたわ」

黒田も、一週間履いた靴下の臭いを嗅いだような顔になっている。

「お褒めに与《あずか》り恐縮です。各種資料を参考に、私が改良に改良を重ねたものですから」

辰巳センセイはにこやかに笑った。

「ああそれからこの『反省日記』は、必ず鉛筆で書かせてください。全部書かせたあとで、消しゴムを渡して全部消させるようにすると効果倍増です」

「何ですねんそれは？」

黒田も唖然としている。

「これはね、帝政ロシアの昔、シベリアで実際に行われていたという拷問から着想しました。囚人に穴を掘らせ、それをすぐにまた埋め戻させるという無意味な労働を反復させて心を折ったのです。強制収容所の看守は発想が違いますな。悪魔そのものです」

辰巳センセイはドヤ顔だ。

「自慢と取られては困るのですが、私は、生産性を上げ、パフォーマンスの低い社員を排除するために古今東西、ありとあらゆる拷問の方法を調べ尽くしました。それを、違法にならない、ギリギリの線で実用化したものが、私のコンサルティングの手法なのです」

華子はたしかにどうしようもない社員だが、ここまでのことをされるほど悪の存在か？

おれも内心どん引きした。

「あの、さすがにそんなことしたら、ええと、人権侵害とかでマズいんじゃあ……」

おれが言葉を差し挟むと、センセイは地べたの虫けらでも見るような目でおれを見て、言い放った。

「大丈夫です。話に聞く限りでは、その女子社員は、いわゆるトロいタイプですよね。まかり間違っても『人権』を持ち出して、自分の正当性を理路整然と主張して、反撃してくるおそれなどありません」

よく相手を選び、少し強く言えばすぐに凹《へこ》むような社員をターゲットにする、それがコツですと、ここでもドヤ顔の辰巳センセイ。

「そういう自罰的なタイプなら、ウツに追い込んで辞めさせることも簡単ですからね」

「あのう……それはつまり気の弱い、言い返すこともできないような社員を選んで辞めさせろってことっすか？」

だがセンセイも権田社長も黒田も、「当然です」「妥当ですな」「当たり前やないかアホ！」と異口同音におれの反論を全否定した。

「つまり、なぜ私なんですか？　と訊き返すような社員を選んでは駄目ということです。人件費の節減には、何よりも効率とスピードが大事ですから」

なるほどねえと感心して聞いていた権田社長は、それはそうと、と話題を変えた。

「実はもう一つ問題が。いえね、生え抜きの営業部長が、中途採用の優秀な営業部員とソリが合わなくて困っとるんですわ。営業部長は創業時から頼りにしてきた子飼いの側近だし、優秀な社員はとにかく営業成績が抜群で、どっちも重宝しとるんですが。この二人が仲よくしてくれたらいいのに……」

明らかに、優秀な境井と、彼をいじめている小篠のことだ。

「そこは、断固として、生え抜きの営業部長を選ぶべきです社長！」

センセイは即座に断言した。

「何よりも重視すべきは業績より忠誠心です。会社の立ち上げ時から苦楽を共にしてきた古参の社員を大事にしなくては。古参社員が会社を思う気持ちは社長と同じです。損得抜きの一心同体。気持ちが入っていますから、これほど信頼出来る存在はありません。一方、優秀な社員は危険です。しかも成績優秀な社員ほど信用がおけません。自分の能力を過信していて、成功は全て自分の力だと信じ切っているので、会社や上司への感謝の気持ちが薄く、ドライで、目の前の利益を重視して忠誠心はなきに等しい。これでは寝首をかかれて当然だと言えます。おおいに警戒する必要があるでしょう。戦国武将を考えれば宜しい」

明智《あけち》光秀《みつひで》、小早川《こばやかわ》秀秋《ひであき》、荒木《あらき》村重《むらしげ》、穴山《あなやま》梅雪《ばいせつ》……とセンセイはスラスラと名前を挙げた。

会社の経営者は戦国武将や野球の監督のハナシが大好きだ。絶えず状況判断を求められるポジションということもあるが、自分がエラくなったような気分に浸れるからだろう。

「そうですな。ウチの専務の小篠も、同じようなことを言っとりました」

権田は素直に信じてしまった。

この人は馬鹿じゃないのか、とおれは内心呆れた。小篠はタダの米つきバッタで、会社で暇つぶしをしてるだけだが、境井は毎日外回りをして仕事を確実に取ってきて、会社に多大な貢献をしているのに……。

「ただまあ、ローパーではないので積極的に転職させる必要はないでしょう。利益を生み出しているウチは飼っておくに限ります。そして、昇進とか幹部社員への登用をちらつかせて引っ張るんです。目の前にニンジンをぶら下げて走らせて……」

辰巳センセイは間をとった。

「結局、ニンジンはやらない。その社員が辞めても、その働きの結果、会社が成長しているのだからそれで良い。そういうことです」

辰巳センセイの言葉に大きく頷く権田社長を見て、おれは心底、胸糞が悪くなった。

だがここで、おれはじゅん子さんの腕の、少し不自然な動きに気がついた。どうもデスクの下で、何かの機器を操作しているように思える。

じゅん子さんはこのひどいやりとりに表情一つ動かしていない。だがその顔色が真っ白になっていることにも、おれは気づいた。

間違いない。何度か経験があるからおれには判る。じゅん子さんも怒っているのだ。

じゅん子さんはポーカーフェイスだが、それにダマされてはいけない。

このブラック士業のセンセイの、鬼畜外道な遣り口に腹を立てているのが自分だけではないと判って、おれは少しホッとした。

あまりにダーティな手口にうんざりしたおれは、ますますやる気を削がれた。だがここでおれは、黒田社長からさらに過激な任務を命じられてしまった。

「このスカタンな女子社員はロクに仕事も出来んのに厚かましく居座っとる。しかもいくら圧力をかけても蛙《かえる》の面にションベンでいっこうに応えん」

たしかに黒田の言うとおり、華子はあんなにひどいことを言われていても、何故か全く辞める気配がない。それどころか有休を取るし出社は始業時間きっかり、終業時間の三十分前には化粧室に入って定時に退社して、正社員の権利を存分に行使している。他にそんな社員は誰一人いないのに。他の社員の非難の目を全く気にしていないところが凄い。

「この際、手段を選ぶな。やれることはなんでもやれ！　お前の責任でな」

その責めはワシが負う、とは絶対に言わないのが、黒田の黒田たるユエンだ。

「何でもエエから、このバイタの秘密を握れ！」

黒田は、禁断の命令を発した。

「バイタの部屋に侵入せい。このバイタのゴクツブシのボケカスアホンダラ女は、今夜はエステやろ？　二時間は帰ってけえへんわ。そのスキに部屋に侵入して、ゴクツブシがひーひー泣いて謝るくらいの弱味をしっかり握ってこんかい！」

ゲキを飛ばす黒田から、鍵と盗聴器を渡されてしまった。

「ゴクツブシ、いやローパー社員か……そのマンションの鍵や。住所は判っとるやろ？」

＊

黒田の命令は死守しなければならない。逆らうと殺されそうだ。正義を貫くためなら死を恐れるなと言われるかもしれないが、おれはまだ命が惜しい。それに、華子みたいな馬鹿女のために、この一つしかない貴重なものを、使ってしまいたくないではないか。

というわけで、夜。

おれは渡された合い鍵で華子の部屋に侵入した。

ワンルームだがベッドとデスクとダイニングテーブルがある小ぎれいな部屋だ。

デスクの上にはノートパソコンが開きっぱなしで置いてあり、書きかけのブログが表示されていた。

タイトルは「ローパー社員のやめさせられ日記」。

ページにはカウンターがついていて、三十八万ビューを叩き出している。つまり、延べ三十八万人が、このブログを読んだということだ。

おれは、その数字に驚愕した。

どこまでのことが書かれているのだろうとページを見てみると、今日も会社でこんな風にいびられた……と微に入り細に入り、これでもかと具体的内容が書かれているではないか……。

うわ、と思いながら、背中に視線を感じて振り返ると……二時間は帰ってこないはずの華子が立っていた。びっくりのつるべ打ちだ。

「どういうこと？　エステの担当の人が急にお休みで、買い物だけして帰って来てみたら……あんたどこから入ったのよ？」

不法侵入の現場を押さえられてしまった。

「どういうこと？　何か盗むつもり？　それともナニ？　アタシを襲いに来たの？」

おれはもう速攻で土下座するしかなかった。

「申し訳ない！　本当にゴメンナサイ！」

全てを正直に告白して謝るか、黒田の指示はあくまで隠すべきか。だが隠するると、おれは泥棒か暴漢になってしまう。

どっちもヤバいので、とにかくおれは謝り倒して許してもらう作戦に出た。どうせ黒田はおれのことを庇ってはくれず、「こいつはどうしようもないヘンタイ性犯罪者や！」などと平気で言い放つに違いないのだ。

「あんた、中途採用の割りには特に仕事してないし、社内でブラブラしてるし、なんかヘンだなあって思ってたんだけど……」

床に額を擦りつけて謝り続けるおれを見ていた華子は、ズバリなことを口にした。

「もしかして、アタシに興味があるわけ？」

興味と言ってもいろんな意味があるから、イエスと言うしかない。

「アタシがあそこまで邪険にされてるのに、何故会社を辞めないか？　それとも、アタシのカラダそのものに？」

おれは顔を上げて、しげしげと華子を見た。

オフィスではダメで馬鹿女の典型で、マイナスのオーラ出しまくりなので、ブスの極みにしか見えていなかったのに……今は私服と化粧のせいか、とても妖艶な女に見える。もしかすると、これが華子の真の姿なのか？

「ねえあんた。アタシの言うこと、なんでも聞くって言うんなら、警察に突き出すのだけは勘弁してあげてもいいんだけど？」

「ききますききます！」

二つ返事でおれは飛びついた。

「まあ、あんたの真の目的なんかどうでもいいわ。取りあえず、あんたが私の部屋に不法侵入したってことがポイントよね」

「はい……」

これから何を言われるのかと、おれは不安におののいた。

そんなおれの様子を、彼女は観察していたが、「そんなに固くなっても困るから」と、コーヒーを淹れてくれた。

彼女の淹れるコーヒーは、飲めたものじゃない。が、「言うことは何でも聞く」と約束してしまった以上、飲まなければならない。

これもプレイの一つか、と覚悟を決めて飲んでみると……。

あ〜ら不思議。美味しいではないか。会社で淹れるコーヒーがどうしてあんなに不味《まず》いのか、理解出来ないほど、美味《うま》い。

「お、お、お、美味しいです……」

「だろ？　その気になれば美味しいコーヒーくらい淹れられるのよ、アタシは」

はいそうですね、と言ってマグカップを床に置こうとしたおれは手が震え、緊張のあまり零《こぼ》してしまった。

「こら。なにやってるんだ！」

華子は仁王のように立ちはだかった。

その表情には、ドジでバカな女子社員の面影は皆無で、いつの間にやら女王様のような威厳と迫力が満ちていた。

「美味しく淹れてやったコーヒーを零しやがって……お前のようなドジで使えない

バカがいるから、妙な首切りブラック野郎がウロウロするんだよ！」

バチーンという衝撃があって、目に火花が飛んだ。一瞬何が起きたのか判らなかったが、華子が平手でおれの頰を思い切り打ったのだ。

「この大馬鹿者のヘンタイ犯罪者！　もしくはアタシの身辺を探るバカ探偵。どっちにしても使えないクズだよね！　クズがどんな目に遭うか、これからオマエにじっくりと教え込んでやるよ！」

華子は、言葉遣いから目つきから、まるで人が変わったようになっていた。

「ちょっと待ってな！」

そう言い残してバスルームに入った彼女は、ほどなく黒ラメのボンデージ姿になって出てきた。いわゆる女王様スタイルだ。

その姿は、出るところは出ている巨乳で、しかもジムで鍛え上げたとおぼしい、磨き抜かれたプロポーションだ。くびれるところはぐっとくびれてメリハリが鮮やかだ。

巨乳とナイスバディに弱いおれは、この時点でもう何でも言うことを聞きます状態になっていた。

おれは、服を脱げと命令され、言われるままに全裸になり、よく判らないままに両手両足首を革バンドで、それも背中側にまとめて拘束されてしまった。身体を弓なりに反らせた恰好で固定されてしまったのだ。

「これをお飲み」

彼女が手にした錠剤は、バイアグラだった。

恐怖にすっかり縮みあがったおれのペニスは、華子によってサディスティックにしごき勃《た》てられた。

「さあ。今お前が、どこに何をされてるのか、はっきり言ってごらん」

「いや、それは……判ってるっスよね？」

「言うんだ。言わないとやめてしまうよ？」

「それは、お、おれのチ、チン……」

「ちゃんと言え。さあっ！」

フグリをぎゅっと掴まれた。

「どうなってるチンなんだ」

「お、おれの、すっごく大きくなって熱いチンポを……」

「で？　おまえはこれからどうしたい？」

どうしたいと言われても……。

「生きて帰りたいです」

「そういうことじゃないだろ！　このローパーが！」

華子はおれに、日頃会社でやられていることをここで意趣返しするつもりなのか？

「お前は全裸でチンコを勃たせてる。アタシはボンデージですぐにでもハダカになれる。で？」

ヒントが山ほど並べられて、正解を言わない方が難しいクイズのようだ。しかし、正解を言ってしまうと、生きて帰れないんじゃないかという恐怖があった。

「このおッ勃ったものを鎮めるには、どうすればいいのかな？」

「それは……」

華子は、おれの返事を促すように、おれの乳首にねろり、と舌を這わせた。

言うまでもなく、乳首は男も女も性感帯だ。特におれはこういうことをされると、テキメンに弱い。

「その……発射すれば萎《しぼ》みます」

「発射するにはどうして欲しい？」

「おっしゃる意味がよく判りませんが……」

「バカかお前は！」

華子の往復ビンタが再度おれの頬を襲った。

が、その痛みがあっても、おれのナニは元気をまったく失わない。

「じゃあ質問を変えよう。このチンポの身になって考えてごらん。このおッ勃ったチンポは、どうして欲しいと思っているだろうね？」

言わせたいことは判っている。でも、言いたくない。おれは平和が好きだ。セックスだって愛のある穏やかなセックスが好きなのだ。

「……このまま静かにしていただければ、やがて煩悩も消えて穏やかになると思いますが」

「ふ〜ん。そうなの？」

華子は、下半身には触らなかったが、それ以外の場所に攻撃を仕掛けてきた。おれの弱点の乳首に、首筋……男だって首筋は弱い。

それだけでは決定打にならないと踏んだのか、彼女は、すっぱりとボンデージを脱いだ。

見事な裸身が露わになった。

ブスにも巨乳。いや、今の華子はブスではない。会社でのブスダメ女子社員は、世を忍ぶ仮の姿だったのだ。今の彼女は、妖艶きわまりないセクシー美女だった。

「ね？　どうしてほしいの？」

彼女は、硬くなった乳首をおれに押しつけてスリスリし、長くて美しい脚を絡ませてきた。

濃い目のヘアをおれの太腿に擦りつける。

健康な男子にとって、これは、拷問だ。

というか、おれが妙な抵抗感を持っているだけで、黒田にも誰にも、華子とセックスするなという指令は受けていない。だから、別に、禁止事項はないのだが……。

「なんだか、カマキリを思い出しちゃって……」

「セックスした後、オスが食われちゃうって、アレ？」

華子は笑って、おれのペニスを咥《くわ》えて、ぬるりと舌を這わせた。

「だとしてもこんな元気なもの、生きてるうちに使わないと損だよ？」

そう言って、妖艶な笑みをおれに向けた。

「まだ訳の判らない意地を張るの？　会社で笑いもののダメなブスを抱いて堪《たま》るかって？」

「いえ、そうではなくて……」

　おれは、おれに課せられた秘密指令をすべて話してしまった。つまり、彼女が会社を辞めると言い出すよう仕向ける工作の全てをだ。

「それは、判ってるの。それはいいから、この際」

「は？」

「判らない子ねえ。この局面で一番重要なことは？　あんたの硬くて元気なコレを、あたしのカラダの、奥底まで呑み込みたいのよ！」

　華子がピュービック・ヘアを、なおもおれの太腿に擦りつけると、女芯がじっとりと濡れているのが判った。

「さあ、言ってご覧」

　おれは、彼女が言わせたい言葉を口にした。

「おれのチンポを、あ、あなたのアソコに入れさせてくださいませんか？」

「よく言えた。ではご褒美にセックスをしてあげよう」

　華子はそう言うなり、おれの縛《いまし》めを解くと、おれを仰向《あおむ》けにしてそのまま腰を落とし、騎乗位で交わり始めた。

　その部分は、淫液の洪水だった。彼女は正気を失ったように激しく腰を上下させて、おれのペニスを貪っている。

女芯はくいくい締まって、この感触は……さながら桃源郷だシャングリラだ天国だ。

「ああ、死ぬ。死ぬ。死んでもいい……最高っすよッ」

が。おれがイキそうになったところで華子は無情にも行為を中断してしまった。

「お前は感じてるかい？」

「も、もちろんですっ！」

「感じているなら、華子サマのここが最高です……もっと、もっと激しく、めちゃくちゃにしてって言え！」

「……もっと、もっと激しく、めちゃくちゃにしてっ！」

「リクエストがあったから、それに応じてあげよう」

それからおれは、華子にからからになるまで精液を絞り取られ、いたぶられたのち、ようやく解放された。

長い長いコトが終わったあと、おれたちはグッタリと床に転がった。

「家宅侵入までされたんだから、会社のこと訴えちゃおうかな～」

そう言った華子はケラケラと笑った。

「これ、刑事告訴出来るよね？」

「いやそれは……困ります……それに、約束が違います」

「な〜んてウソよ、嘘」

華子が簡単に撤回したので、おれはほっとした。

「信じちゃった？ なんちゃってね」

この女はなんて性格が悪いんだろうと思いつつ、おれも、だんだんと、あんな権田や辰巳センセイなんか訴えられてしまえ！ と思うようになっていた。

＊

その翌日。

華子の弱味を握るどころか逆に家宅侵入でこちらが弱味を握られてしまったことを、怖ろしくてとても報告できないおれが、権田商会に遅刻して出社してみると……。

昨夜の華子とは打って変わった「ダメ女子社員版」の彼女が、朝から反省日記を書かされていた。

全部書き終わったところで、小篠が消しゴムを渡して「全部消せ！」と強要しているのは、昨日、辰巳センセイから指南されたとおりだ。

事件は、昼休みに起こった。

オフィスの自分の席で、境井が持参した弁当を広げた。

「愛妻弁当っすか？　美味しそうっすね」

覗き込んで、思わず生唾が湧いた。それは本当に美味しそうな、心のこもったオカズが詰まったお弁当だった。玉子焼には明太子が入っているし、小さなハンバーグや唐揚げ、豚の生姜《しょうが》焼き、インゲンの胡麻《ごま》和《あ》えなど少量ずつ、いろんな種類のおかずが入っている。コレを用意する手間は大変だろう。しかもご飯はタケノコの炊き込みごはんだ。料理の土井《どい》先生も百点満点を付けるだろう。

「いや、十五万のエステ券の経費が通らなくて自腹だと言ったら妻が、お弁当作ってあげるわよって」

そう言う境井は嬉しそうだ。

が、離れたデスクでは、小篠がまたも妬ましそうにこちらをチラチラ見ながら、華子を叱りつけている。

「こんなに消しゴムのカスを出して、どういうつもりだ？　まったく、何をやらせてもダメだな！」

などとイヤミを言いながら、小篠がわざとらしくデスク上の消しゴムのカスを掻き集めている……と思ったら、こちらにやってくるなり、集めた消しゴムのカスを境井の弁当の上にいきなり振りかけた。

「なっ何をするんですか？」

あまりのことに、境井も怒る前に呆気にとられている。たしかに小学生のいじめっ子がやるような蛮行を大の大人が、昼日中にやるとは……この目で見ても信じられない。

「マズそうだからふりかけをかけただけだが、気に入らなかったかね、境井クン。食べないんならこうしてやる！」

ナニがカンに障ったのか、小篠は境井の愛妻弁当を奪いとると、思い切り床にぶちまけて、ハンバーグや唐揚げ、玉子焼きをこれでもかと踏みつけた。

「部長……いったいなにが……なにが気に入らないんです？」

「うるさい！　お前のそのもっともらしい態度も声も顔も、全部が気に入らないんだよ！」

「もういい！」

そう言われた境井も、ついに激昂した。

「もうたくさんだ！　ずいぶん我慢してきたが、こんなバカバカしい目に遭うのは、もう耐えられない。辞めさせていただきます」

いつの間に用意していたのか、辞表を懐から取り出して、小篠に叩きつけた。

境井はこれ以上無いほどの優秀な人材なのに、なぜこんなことをするのだろう。嫉妬とか保身とかと言っても、いい大人のやることとは思えない。小篠部長の言動は、もはやおれの理解を超えていた。

私物をカバンに詰め込んだ境井は、出ていく前に振り返り、捨てゼリフを吐いた。

「きみたちもこんな会社には早く見切りをつけたほうがいいぞ。こんな大人げない嫌がらせをするような組織に、未来は絶対にない！」

境井の言葉には物凄い説得力があった。いや、誰もが境井と同じことを思った筈だ。

境井が出ていき、ドアが閉まると、オフィスには大きな虚脱感が漂った。

その日の夜。

おれはブラックフィールド探偵社に急遽呼び戻されて報告を求められた。境井が辞めると同時に、クビにされそうな華子が退職強要の不当性を訴える訴訟に踏み切ったという一報が入ったのだ。

事務所のドアを開けると、辰巳センセイはいるが、権田社長は来ていなかった。

「すいません。華子さんの弱味はまだ握れてません」

おれが頭を下げると、黒田はあ〜あと大袈裟《おおげさ》な溜息をついた。

「ほんまお前は使えんやっちゃな！　オノレがローパー社員になってどないすンねん。お前も転職支援にかけて、年収半分にしたろうかい？」

おれの賃金は黒田に背負わされた借金の返済や、天引きされている家賃やら食費やらで、現状実質ゼロだ。

「いや、ゼロに〇・五をかけてもやっぱりゼロなんで」

「じゃかあっしゃい！　いっそマイナス賃金にしたるわ。お前がワシに金払わんかい」

そう言われても、おれも困る。

「けど、あのヒトの弱味を握って……それを脅しの材料にして訴えを取り下げさせるっていうのは、ちょっと無理っていうか」

黒田はおれを無視して、センセイに深々と頭を下げた。

「……ちゅうことで、えろうスンマへんでした。カネかかりますよって裁判はやめにして、ここは和解に応じたほうがエエのんとちゃいますか？」

「いや、問題ないですね」

辰巳センセイはキッパリと言いきった。

「裁判は当事務所の望むところです。しかも長引けば長引くほどいい」

は？　とセンセイ以外の全員が首を傾げた。意味が判らない。

「しかし……お言葉を返すようやが、この裁判、正味、勝ち目あらしまへんで？」

黒田の疑問にもセンセイは涼しい顔だ。

「ですから負けてもいいんです。負けると最初から判っていて、最終的にやっぱり負ける。それでも元が取れるという意味です」

我々が理解出来ないのを見たセンセイは、満足そうな笑みを浮かべた。

「裁判が長引いて拗《こじ》れた結果、依頼人の会社の業務に支障が出たり悪評が立ってもいいんです。辰巳事務所としては何の痛痒《つうよう》もありません。むしろ長期化すればするほどコンサル料が入る。さらに裁判が長期化して当該社員が音を上げて会社を辞めれば、『汚れ仕事も出来るセンセイ』として私の名前がますます売れます。いいですか？　この仕事は、裁判の勝ち負けはどうでもいいんですよ。とにかく裁判に持ち込む、請求金額を大きくする、なるべく長期化させる、この三つが儲けるための鉄則です」

「……おれ、頭が悪いからよく判らないんですけど」

おれは、おずおずと訊ねた。

「センセイが儲けるためには、クライアントがどうなろうが構わないってことですか？」

「まあ、そういうことですね。それで依頼がなくなれば困りものですが、実際には人件費を圧縮したいクライアントが山ほど押し寄せてきて、対応に困るくらいですからな」

辰巳センセイは、わっははっは！　と豪傑笑いをして見せた。

「病原菌は宿主が死ぬ前に新たな宿主に移ってますます繁栄する。こういうマイナスな比喩を自分でするのもナニではありますけどね」

笑いが止まらないセンセイを見て、さすがの黒田もげっそりして呟いた。

「あんたもエゲツないことしやはりますなあ……」

＊

裁判が始まった。

おれは黒田の名代として傍聴を命じられた。裁判の様子をかいつまんで一千字以内にまとめて報告しなければならないのだ。

辰巳センセイ配下の若い弁護士は、法律に無知なおれから見ても、無能だった。一回目の口頭弁論から大幅に遅刻した上に、準備書面でも、訴えられた権田商会側の主張をひたすら繰り返すのみ。

「退職勧奨には、その、いわゆる違法性は、あの、まったくないのでして……」

そのたどたどしい口調は、過払い金取り戻しの某法律事務所のCMに出てくる「駄目な専門家」そのまんまだ。

センセイが言っていたように、裁判は最初から権田商会側の敗色が濃厚だった。自伝書き写しの追い出し部屋的業務、ウツに追い込むような反省日記、パワハラセクハラオンパレードの「退職勧奨」について、老木華子はなんと、全てを記録に取っていた。それどころか権田社長と小篠部長の暴言をICレコーダーに録音までしていたのだ。

「あの……反省日記を書かせたことも、原告側が主張する、いわゆる追い出し部署的業務には当たらないのでして。ええと、企業側としては、その、あくまでも本人の意欲を喚起し、やる気を出させるため、と言いますか」

第一回口頭弁論の後、このダメ弁護士は期日の延期と無断欠席を繰り返した。明らかに裁判の進行を故意に遅延させている。

さすがに原告側から厳しい抗議を受け、裁判所からお叱りが来て、ようやく第二回目が開かれた。

この第二回目の口頭弁論では、早くも華子側の隠し玉……家宅侵入や尾行などのプライバシー侵害を会社側が行っていたことまでが、明るみに出されてしまった。

会社側の弁護士はパニックになった。

「その件については承知しておりませんが……恐らく、原告の抱える問題を共有し、雇用する側として適切な助言をするための……その、あくまで適正な情報収集の一環ではないかと」

「適正」はさすがに無理がありすぎだろう。

決して悪意からではないと自信なげに主張する権田側の弁護士は、第一回から引き続いての登板だ。若くて経験不足なのはミエミエで滑舌も悪く、おどおどしている。銀縁眼鏡の下の目は泳ぎ、言葉は全部尻すぼみ。明らかに敗戦処理に起用されたという感じだ。

一方、華子側についた弁護士はみるからにやり手という印象の女性だ。眼光鋭く、甲高い声で寸鉄人を刺す言葉を吐き出す。ぱりっとしたスーツに高そうな書類カバンが威圧的で、舌鋒《ぜっぽう》も鋭くダメ弁護士を容赦なく追及する。

ダメ弁護士はますます挙動が不審になり、さらに目が泳ぎ、あからさまに「キョドる」状態になった。

「あなたねえ、さんざん裁判を延期させておいて、準備をきちんとしてたんですか？　負けるのが判っているのに、だらだらと破局を先送りしているだけにしか見えませんけどね。それでも弁護士でございと言いたいの？　あんたを教えた先生の顔がみたいねえ！　この仕事、全然向いてないですよ。転職したら？」

全人格を否定するような言葉を投げつけられ、若手ダメ弁護士は、ついに崩壊した。

キーッというヒステリーのような叫び声を発して法廷から逃亡してしまったのだ。

弁護士が落ち着くまでいったん休廷となり、おれとじゅん子さんは廊下で密談を交わした。

おれ同様、じゅん子さんも辰巳センセイになんとか一矢《いっし》を報いたいと思っている。

そこに、原告の華子が通りがかった。

「ちょっと話があるんすけど」

「何よ。家宅侵入をバラした仕返しでもしようっての？」

ダメ社員とは完全に別人の、自信に満ちて勝ち誇った華子は挑戦的な目でおれを見た。

「そうじゃなくて。このバカバカしい裁判、早く終わらせませんか？　金と時間の無駄ですよ」

「そんなこと、アナタに言われるまでもなく、よ〜く判ってるわよ。オタクのあのバカ弁護士、司法修習をやり直した方がいいんじゃないの？　いえ、学部レベルからやり直ししね」

権田商会でのウスノロぶりは完全にわざとだったのがバレている華子は、鋭い目でおれを睨み付けた。

「そのとおりっス。おれも傍聴していて、いい加減イヤになったんで。これは謀反《むほん》とか寝返りとか裏切りとか言われるんでしょうけど」

じゅん子さんも口添えした。

「ウチの探偵社まで訴えられることは回避しないとね。これもリスクヘッジよ」

じゅん子さんが、大将の首でも差し出すように、一本のUSBメモリーを華子に手渡した。

「劇薬なので正しくお使いくださいね」

＊

権田商会のオフィスは、ガランとしている。見るカゲもなく社員が減ってしまったのだ。

訴訟費用は膨らみ、権田社長は負けを認めるどころかますます頑な、かつ強硬になり、裁判は完全に泥沼化している。

解決の曙光《しょこう》はまったく見えない。裁判所が出した和解の提案も双方が蹴ってしまった。原告側は完全勝訴するのに和解する意味はないと拒絶し、被告側の権田は辰巳センセイの「粘り勝ち出来る」と言うのを信じ込んでいるのだ。センセイは裁判に勝っても負けても損はしないからそんなことを言っているだけなのに……。

権田が裁判に費やす時間と金は膨らむ一方。

訴訟にうつつを抜かす社長は仕事を、本当は無能だった小篠部長に丸投げした。その結果、顧客を同業他社にごっそりと持って行かれてしまった。その同業他社が「尾瀬《おぜ》の天然水」という企業だ。水の取水場所も似ているし販売手法も権田の会社にそっくりで、「奥日光の天然水より美味しい」のが売り文句で、まるまる顧客を吸い取られてしまった。

「弱肉強食とはよく言ったもんだ」

社長が他人事のように感心する間に、メインバンクが匙《さじ》を投げて資金繰りは短期間に悪化し、あっという間に黒田が紹介した闇金から融資を受けるしかなくなっていた。

給料の遅配はすでに常態となっている。

裁判自体も、華子側の巧妙な売り込みが成功してマスコミが面白おかしく取り上げて、今や権田は「有能なワンマン経営者」から「名だたる極悪ブラック経営者」にクラスチェンジしていた。当然、権田商会には「日本を代表するブラック企業」の烙印《らくいん》が押されている。

もはや倒産も時間の問題だ。

オフィスにかかってくる電話はすべてキャンセル・解約のものばかりで、お先真っ暗な会社を見限った社員は一人減り二人減り、今朝に至っては、おれと小篠と社長以外には、二人しか出社していない。合計五人。

その中の一人も「給料、今日も出ないのかよ！　やってられるか」と捨てゼリフを吐き、おれの見ている前で会社の備品を掻き集めた。

「退職金がわりにもらって行くぜ」

タブレット型端末や小型プリンタまでを持参の大きなカバンに詰め込んだあと、そいつも辞めていった。

ガランとしたオフィスには、テレビのニュースが響くだけ。

画面には国会前でスタンディングしている大勢の人たちが映っている。「ローパー社員と言われたの私だ！」と大書されたプラカードを全員が掲げている。

記者が現場から中継している。

「先日の国会審議で取り上げられた匿名ブログ、『ローパー社員って言われたブラック死ね!!』を読んで、不当な退職勧奨に抗議している人たちですが……」

ご覧のように、今日もこんなに集まっています、と手で指し示し、カメラがパンすると、さらに多くの人たちが映った。

「やめさせられ日記」改め「ローパー社員と言われたの私だ！」ブログには、じゅん子さんが探偵社で隠し録《ど》りした華子への誹謗《ひぼう》中傷、さらには華子が転職支援面接で密かに録音していた暴言の音源がリンクされている。

誰もがすべてを視聴できるようになった結果、大炎上して国会でも取り上げられ、裁判にまでなっていることを知らない閣僚が「こんな書き込み、ウソかホントか判りゃしない」とお粗末な答弁をした結果、火に油を注いでしまった。

国会前のデモの様子を見て、最後の社員が私物をまとめ始めた。つくづくうんざりした、という表情だ。

「権田商会の社員だと知られたら親戚とか友達に合わせる顔がないんで、この会社に拾って貰った恩義があるので今の今まで踏ん張ってきたけど……給料も出ないし、ボランティアのつもりでも、誰にも褒めて貰えないのもヘンなハナシだし……やっぱり自分も辞めさせてもらいます」

最後の社員が、出ていった。

そして、誰もいなくなった。

おれはいるけれど、工作員だし……。

その社員と入れ替わりに権田商会に押し寄せてきたのは、マスコミだった。

華子が公開したひどいハラスメントの内容に新聞・雑誌・ネットニュースなど各社が飛びつき、猛然と取材をかけてきたのだ。

「権田社長！　あのブログは本当ですか！」

「あんなことを本当に口走ったんですか！」

「アナタにとって社員とは奴隷ですか！」

矢継ぎ早に襲いかかる詰問に権田は恐れおののいて社長室に逃げ込んでドアに鍵を掛け、ソファを置いてバリケードにしてしまった。

残ったのはおれと、小篠営業部長だ。しかし小篠は社長の尻馬に乗って、華子に罵声を浴びせていた当事者だ。

報道陣は、その小篠を見逃さなかった。

「あんた、社長と一緒に恫喝してた人だな！」

「ブラックの片棒担ぎだな！」

「あの発言はアナタの本心ですか？　社長へのゴマスリですか？」

一斉にマイクとレンズが突き付けられて、小篠は突然、「わーっ！」と叫びはじめた。一気に吊るし上げられて、何かがぷつんと切れたらしい。

小篠は奇声を上げながらトイレに飛び込み、そのまま立て籠もってしまった。

「え？」

会社のフロアに残ったのは、おれ一人。

マスコミの矛先は、全ておれに向かった。

が。無知無能無学な「三無」揃ったおれに、マスコミ対応なんか出来るはずがない。

マイクとレンズを向けられて、ヘッドライトに照らされた猫のように固まってしまった。

何を聞かれても「あーうー」としか言えないおれに、取材する年輩の記者から「あんたは大平《おおひら》総理か！」とよく判らないことを言われたが、粘っても埒《らち》があかないと悟ったのか、おれが本当に何も知らないバカなのだと判ったのか、舌打ちをしながら全員が引き揚げていった。

みんな撤収して、オフィスにはおれ以外、誰もいなくなった。

そうなると妙なもので、寂寞《せきばく》感が込み上げてくる。昔の光、今いずこ。

「……もう、誰もいない？」

そう言って、社長室から権田が、恐る恐る顔を出した。

「キミのあの対応、さしずめ『イワンのバカ』作戦だね？　素人は咄嗟にあそこまでバカにはなれないよ。今日からキミを専務取締役広報部長にしてあげよう！」

そう言われても、給料が出なければコドモ銀行の預金と同じだ。

「肩書きだけじゃアレか。じゃあキミに発行済み株式の二〇％をあげよう。私に次いで第二位の、大株主だぞ」

それもコドモ銀行の株券と同じだ……。

そんなことを思っていると、またノックの音が響いた。

すわマスコミが戻ってきたか、と身構えるおれの視界の隅っこには、窓を開けて飛び降りようとする権田の姿があった。

だが。

入ってきたのは誰あろう、小篠がいびり出したも同然の境井だった。そして彼の背後には、何故か華子もいるではないか。

「お久しぶりです社長。私は今、こういう仕事をやっておりまして」

やり手のビジネスマン風に、境井は権田に頭を下げて名刺を手渡した。

「ナニ？　尾瀬の天然水だと？」

「はい。株式会社尾瀬の天然水販売の社長を務めております、境井憲人《けんと》です。こちらの権田社長と小篠営業部長には、この業界のイロハをすべて教わりました」

社長は真っ赤になった顔を歪めた。

「ウチの手法をパクって客もごっそり取っていった会社のトップが、まさか、よもや、あろうことかお前だったとは！」

小篠もトイレから飛び出してくると、口から盛大にツバを飛ばしながら叫んだ。

「ホレ見ろ！　飼い犬に手を嚙まれたとはこのことだ！　コイツはじっと黙ってウチの会社のノウハウを盗んでたんですよ！　寝首をかかれたっ！」

「なんとでもおっしゃい」

境井は余裕の笑みを浮かべて涼しい顔だ。

権田がその場にへたり込む。

「情けないよ。境井くん。義理堅く有能なキミなら、ウチの手法などパクらずに、独自の手法で挑めばよかったじゃないか……」

「それも考えましたけどね。それじゃあ、あまりにも悔しすぎるので……この人にやられたことを倍返ししてやろうと思ったんですよ」

境井はそう言って小篠に指を突きつけた。

「恨み骨髄の相手なんだから、徹底的にやってやろうと思いましてね。もっと言うと、徹底的にやられないと、自分たちがしたことも理解出来ない、アホしかいない会社だとも思っていましたので」

そう言った境井は、破顔一笑した。

「完全に、勝負はついたようですね？　権田サン」

権田はガックリと床に手をついた。

そこで華子が明るく華やいだ声を出した。

「そうだ、アタシから社長さんにプレゼントがあったんだ。これ欲しかったんでしょう？」

彼女が差し出したのは、辞表だった。

「私が辞めれば、そちらとしてはご満足ですよね？　退職強要に対する訴えは取り下げておきます」

だが、一呼吸置いて付け加えた。

「そのかわり、ウツに追い込まれた慰謝料と損害賠償を請求する訴訟を新たに起こします。あの暴言、アタシは一生許さないからね！」

「き……きみはウツになんかなってないじゃないか！」

「残念でした。ちゃんと診断書を取ってあるのよ。心療内科の」

「でも退職強要の裁判は終わるんでしょう？」

一縷《いちる》の望みを抱いたような小篠が社長に明るい声で言った。

「……バカを言いたまえ。今さら裁判が終わっても、もう遅いよ」

権田は力なく笑った。

「けどそれは、社長が悪いんですからね。この私の怒りを、これでもかと煽るように追い込んだせいですから」

そう言った彼女はさらににっこりと笑って言い放った。

「ところで、境井さんにスポンサーを紹介して、ライバル企業を設立したらって勧めたの、私だって言ったら驚きます？」

おれはもちろん、権田も驚愕したし、小篠も驚きのあまり腰を抜かした。

「オマエは……お前の正体はなんだ……お、お前らはグルだったのか、もしかして？」

転職支援のマッチポンプは、ブラック士業の辰巳センセイだけではなかった、ということか……？

「さあ？　それはご想像にお任せします。でもおかげさまで、私の次の就職先、転職支援コンサルティング業務の、テンプラスタッフなんですよ。しかもポストは、いきなり課長」

　華子は勝ち誇った。

「この会社、潰れちゃうから、これ以上私が裁判を起こす意味もなさそうですね。私も境井さんも幸せになったし、もういいわ。許してあげる」

　そう言ってあっはっはと哄笑しながら、華子は境井とともに去っていった。

「どうして……どうしてこんなことに……」

　呆然として閉まったドアを眺めている権田に、おれは言った。

「それは権田さん、あなたが雇った、あのブラック士業のセンセイのせいっすよ！」

　おれが辰巳センセイの悪業三昧を全部バラしてやろうとしたところに、黒田が現れた。

「まあ待て、飯倉よ」

　まずい。秘密をバラそうとしているおれは、黒田にどやされてしまう……。

　だがなんと、黒田までが暴露を開始した。

「そうだす。この飯倉の言うとおりだす。あの辰巳センセイはホンマにどうしょうもない腐れ外道でっせ！　まあこれを見とくなはれ」

　黒田が言うと、後ろに控えていたじゅん子さんがすかさずタブレット端末を取り出して、権田の目の前に差し出した。

その画面に映し出されたのは、じゅん子さんが辰巳センセイを隠し撮りした映像だ。

センセイがどや顔でうそぶいている。

『裁判の勝ち負けはどうでもいいんですよ。とにかく裁判に持ち込む、請求金額を大きくする、なるべく長期化させる、この三つが儲けるための鉄則です』

黒田が言った。

「これ見たら判りますやろ？　あのセンセイこそがホンマもんのワルですわ。最初から転職支援企業とグルになって、わざと駄目な社員をおたくに就職させて、転職を迫って追い詰めて裁判を起こさせて、その過程でコンサル料や手数料をたんまりせしめよう、いうハラやったんですわ」

黒田はここぞとばかりに辰巳センセイの悪口を権田に吹き込み、そのかたわら、小声でおれに囁いた。

「驚いたか？　ワシはもともとブラック士業のセンセイにはムカついとったんや。業務提携も作戦や。身内から瞞《あざむ》くのは諜略の基本や」

真田昌幸《さなだまさゆき》か、このヒトは。

「権田はんのことも、あのブラック士業のセンセイ、ボロクソに言うてましたで。ああいう叩き上げの経営者は、持ち上げればなんぼでも転がせる、言うてね。それこそブタもおだてりゃ木に登る、ちゅうやつや言うてね。失敬やなあと思いながら聞いてましたけどな」

これでもかと、あることないことを権田に吹き込む黒田におれは慄然とした。

一番のワルは一体、誰なんだ？

おれは混乱してきた。老木華子と境井憲人なのか？　やっぱり辰巳センセイなのか？　それとも黒田か？

そこに、当のブラック士業・辰巳センセイが顔を出した。まさに最悪のタイミングだ。

「おやおや皆さんお揃いで」

本日は権田商会への請求書を持参しました、とにこやかに書類を差し出した。

「訴訟の準備書面の作成費、そして手数料として請求額の一割。さらにコンサルティング料金は規定の、一時間五万円を申し受けております」

「……〆て、八百九十五万九千八百円だと？」

権田はその金額を口にしてから笑い出した。

「あんたの言うとおりにした結果、ご覧のザマだ。こんな金、払わんぞ！　払う気もないし、払う金もない！」

「それは困りましたね。では、支払い履行を求める民事訴訟を起こすしかありませんな」

やっぱり一番悪いのは、この辰巳センセイではないのか？

おれはそう思った。この場の空気の中で、ここまで自己中なことを平気で言えるのは、もはや人間ではない。悪魔だ。

最初は力なく笑っていた権田だが、やがて笑い声が怒号に変わった。

「おのれ貴様、おれを嵌《は》めやがって！　あれもこれも、全部あんたのせいだ！　この口先だけの金の亡者め！　鬼悪魔守銭奴銭ゲバ！」

おかげで何もかも失った！　と逆上した権田は、権田水の十二リットルボトルを怪力で持ち上げると、辰巳センセイの頭に振り下ろした。

ごん、と鈍い音がしてボトルのキャップが外れ、フロア一面に大量の水がぶちまけられた。しかしセンセイは石頭なのか倒れもせず叫び始めた。

「なにをするんだ！　これは暴行だ！　傷害罪で訴えてやる！」

そこでやっと頭を押さえた。

「おうおう、訴えるなり何なりしろ！　お前が生きていれば、な！」

完全に逆上した権田は手近にある事務用品を手当たり次第投げつけはじめた。鉄製のテープカッターがクリーンヒット、辰巳センセイの額が切れて派手に流血する。

「おれの顔に色を塗ったな！　なんてことをするんだこの野郎！」

フロアは水びたしになり血も流れている。

ツルツルと足を滑らせ、ひっくり返っては立ち上がり、権田と辰巳センセイは組んずほぐれつの乱闘に突入した。背広が音を立てて裂け、ワイシャツのボタンが弾《はじ》け飛ぶ。ネクタイで互いの首を絞め合い、顔を赤紫色に染めながら双方一歩も引かぬ構えだ。

「女殺《おんなころし》油地獄《あぶらのじごく》じゃなくてオッサンの殺し合い水地獄ね。ああ、語呂が悪い！」

じゅん子さんは、生ゴミの腐った臭いを嗅いだような表情だ。

怒りの差で、この勝負は権田が優勢に進めている。このタイマン勝負をおれたちは呆然と眺めた。とめるべきなのだが、手を出す気になれない。出来れば、二人が殺し合って、両方とも死んでしまえばいい。

「外道の潰し合いやな」

黒田もつくづくうんざりした表情だ。

「せやけどこのまま二人が死んでしもうたら、わしらも面倒なことになる。こんな腐れ外道らの巻き添えはけったくそ悪いワ。警察に電話せえ」

判りました、とじゅん子さんが一一〇番通報した。

数分後、警官隊がやって来て、権田は傷害罪で現行犯逮捕、血まみれの辰巳センセイは救急搬送されて行った。

＊

「なんや、血みどろの結末になってしもうたなぁ」

黒田がレアより生のブルーで焼いたステーキを頰張った。歯は血で真っ赤だ。

あや子さんが料理から完全に撤退してしまったので、一件落着の祝賀会は、事務所の近くにある黒田御用達のステーキハウスで開かれた。祝賀会をやること自体が異例だ。

「まあ今回は、ワシが妙な欲を出してしもたこともいかんかった。コレについては素直に反省する次第や」

驚くべきことに謝罪を口にしている。これも異例だ。黒田は死んでも謝らないとおれは思っていたのだが。

「わしはなあ、あの辰巳っちゅうクソガキのセミナーにガラにもなく出てしもてなあ。それと言うのも、あや子がネットで見つけて、セミナーに出ると旅行券をもれなくプレゼントちゅうのにハメられた結果なんや」

「旅行って言っても熱海《あたみ》の一泊八千円の格安旅館だったんだけど。夕食バイキングなんかカレーと焼きそばしかないようなセコい……」

「まあ、それはそれとしてや」

黒田はあや子さんを黙らせるように言葉を被せた。

「あの辰巳っちゅうガキは、詐欺師や。なんせ言葉が巧みや。なんと、このワシがやで、マンマと乗せられてしもたんや。世の中、法律の隙間を巧《うま》く潜らんと儲かりまへんで、っちゅうハナシにな」

「いやそれなら、わざわざセミナーで聞くまでもなく、すでに実践してるっスよね？」

おれがそういうと、黒田は赤ワインをがぶ飲みしてゲップを吐いた。

「いや、わしがやっとったようなことは子供騙しのレベルやった。やっぱり、法律の知識を駆使する腐れ外道の悪知恵には勝てんわい」

「っていうか、黒ちゃんが引っかかったのは儲け話の方だよね？」

ヒレのレアを食べながらあや子さんが言う。

「あの水素水のハナシか？　まあなあ、ワシ、水素水ってどうして爆発せんのか不思議やったんや。飯倉、お前知っとるか？　水爆いうたら原爆の周りに重水素を巻いて作るんやぞ。その重水素ちゅうんは水素水から作るんや」

「……かなり違うと思いますけど」

さすがにじゅん子さんがチェックを入れる。

「ま、早い話が、ワシが権利を貰《もろ》た権田高原の湧き水は水素水やなかったし、近くに屎尿《しにょう》処理場と養豚場があって、小便やらウンコが漏れ出して、その湧き水はクソまみれで飲めんのやけどな」

他の客もいるのを完全に無視して黒田は、ウンコウンコと連呼した。

「しかも水素水自体、マユツバが多いらしい。ペットボトルの水素水あるやろ？　けどプラスチックやと水素は抜けてまうらしいわ」

水道水と変わらんもんを高値で売っとるんや、と黒田は嘆いてみせた。

「ヨモスエや。何よりも士業のセンセイがどっちに転んでも儲かるちゅう、悪知恵の達人やった言うのんは、正直、参ったで。ヒトを信じられんようになってしもた」

黒田の口から出るセリフとも思えない。

「とはいえ」

黒田は注ぎ足したワイングラスを掲げて、乾杯の音頭をとった。

「それもこれも、我が社のホープにして我が社の大黒柱、飯倉センセイの獅子奮迅《ししふんじん》の活躍のおかげや！　飯倉大明神征夷大将軍摂政関白太政大臣《だいみょうじんせいいたいしょうぐんせっしょうかんぱくだじょうだいじん》にカンパイや。飯倉大センセイの働き無かりせば、辰巳の悪事は表には出んかった。飯倉、お前は世のためヒトのためにものごっつうエエコトやったんやで！　人類の福祉のために貢献したんやで！」

ヨッ、ノーベル平和賞！　などとおれはさんざん持ち上げられ、食事会はつつがなく終了した。

店の支配人が銀のトレイに勘定書きを載せて、うやうやしく黒田に差し出した。

「あ、今夜の勘定は、そこにおるエラい人が持つさかいに！」

えっ⁉

おれは目の玉が飛び出してテーブルに転がるか、と思うほど驚いた。

「ななな、なんで？」

「なんでって……わしらのようなシモジモのもんが飯倉大明神征夷大将軍摂政関白太政大臣サマのようなエライお人に奢るやなんて、そんな失礼な、出過ぎた真似、出来ますかいな。わしら、分を弁えとりますさかいに」

「あ、あの……」

ほなご馳走様、と黒田はおれに向かって深々と頭を下げた。あや子さんも「じゃ飯倉くん、ゴチになるね～！」と明るい声を出した。

一番の常識人で間違ったことはしないじゅん子さんだけが頼りだ。が。

そのじゅん子さんも申し訳なさそうに片手を顔の前に立てて拝むように謝り、軽く頭を下げて、店を出て行ってしまった。

「あ、あの……これはどうしたら……」

真っ青になったおれは、支配人にお伺いを立てた。

「そうですね、ディナーの時間帯にフロアを担当してもらいましょうか。この金額だと」

支配人は勘定書きをチラッと見た。

「毎晩四時間の勤務で……半年くらいですかね？」

半年、ここでタダ働きしなければならないというのだ。

だけど賄い付きだというので、おれの心は動いた。ステーキは食えなくても、美味しい賄いが毎晩食べられるのなら、天国じゃないか？

あれ？　この考え方って、おかしいのかな？

黒田のもとで働いていると、ナニが常識でナニが非常識なのか、判らなくなっていることと自体、おれには判らなくなっていた……。

《参考文献・ホームページ》
中沢彰吾『中高年ブラック派遣　人材派遣業界の闇』講談社現代新書　二〇一五年
今野晴貴『ブラック企業ビジネス』朝日新書　二〇一三年
林　悦道『この「ケンカ術」がすごい！　あっさりと勝つ法則10』東邦出版　二〇一四年
菊月敏之『世界のミリメシを実食する』ワールドフォトプレス　二〇〇六年
岡崎京子『リバーズ・エッジ』宝島社　一九九四年
「日刊ＳＰＡ！」二〇一二年十二月四日 http://nikkan-spa.jp/341148
「日刊ＳＰＡ！」二〇一六年一月二十六日 http://nikkan-spa.jp/1037197
「税理士もりりのひとりごと」二〇一五年十二月二十日 http://moriri12345.blog13.fc2.com/blog-entry-2648.html
「日本人難民。」二〇一六年一月二十四日 http://nihonjinnanmin.com/archives/53096071.html

《初出誌》
第一話　猟奇くん　月刊ジェイ・ノベル二〇一五年十二月号
第二話　癒してあげる　月刊ジェイ・ノベル二〇一六年二月号
第三話　リバーズ・エッジ・リビジテッド　月刊ジェイ・ノベル二〇一六年四月号
第四話　ブルーシートは危険な香り　月刊ジェイ・ノベル二〇一六年六月号
第五話　ブラック対ブラック　最後の聖戦　書き下ろし

実業之日本社文庫 あ82

悪徳探偵《ブラックたんてい》　お礼《れい》がしたいの

2016年6月15日　初版第1刷発行

著　者　安達《あだち》 瑶《よう》

発行者　岩野裕一
発行所　株式会社実業之日本社
〒153-0044　東京都目黒区大橋1-5-1
クロスエアタワー8階
電話［編集］03(6809)0473［販売］03(6809)0495
ホームページ　http://www.j-n.co.jp/
ＤＴＰ　株式会社ラッシュ
印刷所　大日本印刷株式会社
製本所　大日本印刷株式会社

フォーマットデザイン　鈴木正道（Suzuki Design）

ISBN978-4-408-55297-2（第二文芸）